KB114827

天魔神教
洛陽本部

천마신교
낙양본부

천마신교 낙양본부 12

정보석 新무협 판타지

초판 1쇄 찍은 날 § 2021년 5월 21일
초판 1쇄 펴낸 날 § 2021년 5월 28일

지은이 § 정보석
펴낸이 § 서경석

편집책임 § 김범석
디자인 § 노종아

펴낸곳 § 도서출판 청어람
등록번호 § 제387-1999-000006호
등록일자 § 1999. 5. 31
어람번호 § 제2-2871호

주소 § 경기도 부천시 부일로 483번길 40 서경B/D 3F (우) 14640
전화 § 032-656-4452 팩스 § 032-656-4453
http://www.chungeoram.com
E-mail § chungeorambook@daum.net

ISBN 979-11-04-92348-7 04810
ISBN 979-11-04-92204-6 (세트)

天魔神教
洛陽本部

정보석 新무협 장편소설

FANTASTIC ORIENTAL HEROES

천마신교
낙양본부

12

天魔神教
洛陽本部
천마신교
낙양본부

次例

第五十六章

해가 진 한밤중, 알톤 평야 중앙에 설치된 군막.

포트리아는 양 팔꿈치를 상에 올린 채, 자신의 코 주변에 손을 가져가 얼굴을 기댔다. 그리고 마치 사냥 직전의 매와 같은 눈을 하며 앞에서 걸어오는 자들을 보았다. 그녀는 일렁이는 횃불 아래 보이는 얼굴들을 알아볼 수 있었다.

소론 왕.

이론드 장군.

그리고 알시루스 백작.

"냉정해지십시오, 포트리아 대장군."

슬롯의 말을 들은 포트리아는 이를 부득 갈고는 눈을 감았다. 그리고 속 안에서 일어나는 분노를 잠재우기 위해서 안간힘을 써야 했다.

소론 왕이 가까이 왔다. 아직 소년티를 벗지 못해서인지 이 전장에 전혀 어울리지 않는 사람처럼 보였다.

"델라이 왕은? 아직 오시지 않은 것인가?"

포트리아는 눈을 그대로 감은 채 말했다.

"전하께서는 이런 사소한 일에 직접 나오실 필요가 없습니다. 대리인으로서 모든 권한을 이어받았으니, 제가 델라이 왕국을 대표합니다. 앉으십시오, 소론의 왕이시여."

소론의 어린 왕은 얼굴에 모욕감이 떠오르는 걸 숨기지 못했다. 하지만 자신의 처지를 모르지는 않는지, 앞에 준비된 의자에 조용히 앉았다. 그가 앉자 이론드와 알시루스는 어린 왕의 뒤쪽 양옆에 나란히 섰다.

포트리아가 눈을 뜨더니, 오른손으로 관자놀이를 비비면서 말했다.

"항복하시겠다고 들었습니다."

소론 왕은 알시루스를 한번 올려다보고는 고개를 끄덕이며 말했다.

"조건이 있다."

귀엽네, 잔기술도 쓸 줄 알고.

포트리아의 입꼬리 한쪽이 올라갔다.

"무조건항복이 아니란 말입니까? 그런 거라면 이런 자리가 마련되기 전에 알려 주셨어야지요. 무조건항복인 줄 알고 기사들을 모두 돌려보냈습니다. 조건에 따라서 항복을 받아들이지 않으면 기사들을 다시 다 소집해야 하는데, 저희 일이 너무 귀찮아지지 않겠습니까?"

소론 왕은 잠시 당황하더니, 말을 더듬으며 말했다.

"하, 하지만 이 조건은 방금 회의를 통해서 나온……."

포트리아는 짜증 난다는 듯이 상 위에 있던 종이를 그에게 밀며 그의 말을 막았다.

"소론의 조건이 뭐든 간에 관심 없습니다. 수작은 안 통하니 그만하시지요. 그것도 어느 정도 힘의 균형이 있어야 하는 겁니다. 조건은 저희가 제시합니다. 소론 왕께서 해야 할 건 이 중에서 두 가지를 고르는 겁니다."

소론 왕은 잠시 포트리아를 보다가 그녀가 내민 종이를 집어 들고는, 굵은 글씨로 쓰여 있는 각 단락의 첫마디를 읽기 시작했다.

"제1안, 소론은 전쟁배상금으로 2,000… 2,000kg의 미스릴을 배상한다. 제2안, 소론은 자치령의 위치에서 내려와 델라이의 직접 통치를 받게 되며, 따라서 왕권을 포함한 모든 종류의 토, 통치권을 포, 포기하고 소론의 모든 귀족은 델라이의 귀족이 된다. 제, 제3안. 델라이와 인접한 영토 절반을 델라이로 귀속시키고 나머지 절반은 전과 같이 자치령으로 기능한다. 제4안. 소론의 수도 소로노스를 향한 미… 미티어 스트라이크의 마법 시전에 동의하며, 그에 따르는 모든 비용을 지불한다. 제5안… 제5안……."

어린 소론 왕은 묘한 시선으로 알시루스를 돌아봤다. 알시루스가 고개를 갸웃하자, 소론 왕은 차마 그를 더 볼 수 없었는지 얼른 항복 조건문으로 시선을 옮기고는 말했다.

"전쟁의 책임으로 오펀 폰 드백 알시루스 백작을 즉각 처형하고 그의 성을 따르는 모든 일가친척 또한 처형한다."

알시루스의 눈동자가 부릅떠졌다. 소론 왕을 제외한 모든 이의 시선이 알시루스를 향했다. 그는 도저히 표정을 관리할 수 없었는지 참담한 감정이 그대로 떠올라 있었다. 몇 발자국이나 뒷걸음질을 치던 그가 곧 포트리아를 노려보며 말했다.

"개인감정이 국익보다 앞선단 말입니까?"

포트리아는 그를 무시하곤 소론 왕을 보며 말했다.

"참고로 알시루스 백작의 사형은 '즉각'입니다. 지금! 이 자리에서."

포트리아의 목소리는 단호했다.

소론 왕은 긴장 가득한 표정으로 포트리아를 올려다보았다가, 곧 고개를 숙여 다시 항복 조건문에 시선을 두었다.

짧지만 한없이 길게 느껴지는 침묵이 흐르고, 소론 왕이 말했다.

"이론드 장군."

그 말 한마디로 끝났다.

이론드는 검을 뽑으면서 알시루스에게 다가갔다. 알시루스는 두려움에 몸을 파르르 떨었지만, 완전히 굳어 있는 이론드의 표정을 보고는 곧 숨을 탁 하고 놓았다.

이론드가 말했다.

"책임이 없다 하진 않으실 겁니다, 알시루스 백작."

알시루스는 몇 번의 격한 호흡 끝에, 침착함을 되찾고는 말했다.

"전, 전하, 이것은 전부 소론을 위하⋯⋯."

서걱.

이론드의 일검에 알시루스의 목이 일순간 잘려 나갔다. 그 소리에 소론 왕은 눈을 질끈 감았다. 소론의 최고 귀족 알시루스는 눈을 감지도 못하고 그대로 절명했다.

털썩.

이론드는 쓰러진 알시루스의 몸을 보지도 않고, 다시 소론 왕의 옆으로 돌아왔다.

포트리아는 감흥 없는 눈으로 머리가 잘린 알시루스를 보다가, 몸을 부르르 떨고 있는 소론 왕에게 말했다.

"알시루스 친족의 머리들은 천천히 보내 주셔도 됩니다. 자, 이제 네 조건 중 하나만 더 택하시면 됩니다."

이론드가 포트리아에게 물었다.

"상의할 시간을 주십시오. 당장 결정해야 하는 건 아니지 않습니까?"

그 질문에 대답한 것은 포트리아가 아닌 소론 왕이었다.

"아니다, 괜찮다. 소로노스를 포기하지."

"예?"

소론 왕의 떨림은 어느새 멈춰 있었다. 그는 눈을 뜨며 이어 말했다.

"소로노스를 포기하겠다, 포트리아 대장군. 제4안으로 하지. 소론에 남아 있는 모든 마나스톤과 마법사들을 동원하겠다. 언제까지 보내 주면 되는가?"

포트리아는 대답하지 않고 소론 왕을 보았다. 그녀를 마주 보는 소론 왕의 눈빛은 전에는 상상할 수 없는 종류의 것이었다.

암석처럼 단단하고 달빛처럼 빛났다.

귀찮은 걸 깨운 건가?

포트리아는 짜증 난 표정으로 알시루스의 시신을 흘겨보며 중얼거렸다.

"죽어서도 말썽이야."

"뭐라고 하였는가?"

"아닙니다. 설마 제4안을 선택하실 줄은 몰라서 조금 놀란 것뿐입니다. 마법부에 연락해 필요한 자원을 말씀드릴 테니

대략 일주일 안으로 마나스톤과 마법사들을 최대한 모아 주시지요. 동시에 소로노스의 모든 국민을 피신시켜 주시고요. 유성은 천체의 상태에 따라서 시전 후 빠르면 보름, 늦으면 한 달 안에 도착하니 지금으로부터 적어도 20일 내에는 모두 대피시켜야 인명 피해가 없을 것입니다."

"알겠네."

"그럼 이 시각 델라이는, 소론의 항복을 받아들이며 전쟁을 종결하겠습니다."

포트리아는 자리에서 일어나 손을 내밀었다.

소론 왕도 그 자리에서 일어나 포트리아의 악수를 받았다.

포트리아는 몸을 돌려 델라이의 진지로 걸어갔고, 소론 쪽도 그들의 진지로 걸어갔다.

거리가 좀 멀어지자, 슬롯이 포트리아에게 말했다.

"걱정이 되는군요. 알시루스 백작의 죽음으로 인해서 소론 왕이 알을 깨고 나온 것처럼 보였습니다."

포트리아가 말했다.

"확실히. 이번 일로 원한을 품을까?"

"그럴 위인으로 보이지는 않습니다. 침공한 것은 그쪽이고, 패배한 것도 그쪽이니까요."

"원한이 언제 논리에 따라 생겼던가."

"원한을 품은 눈은 아니었습니다. 어떤 결심을 한 눈이었긴 하지만… 본인 스스로 사태를 냉정히 파악하는 듯 보였습니다."

"차라리 이번 일에 원한을 품을 정도로 마음이 편협한 왕이었으면 다루기 쉬울 텐데 말이야, 멕컬리 장군."

옆에서 가만히 이야기를 듣던 멕컬리가 대답했다.

"예, 대장군."

"소론 왕의 어미가 테이블에 안 온 것이 이상해. 어째서 그가 갑자기 독립적으로 변했는지, 무슨 일이 있었는지, 군부로 돌아가면 바로 알아보게."

"알겠습니다."

그들은 그렇게 알톤 평야 한쪽에서 공간이동하여 왕궁의 북문 쪽에 도착했다.

으레 찾아오는 어지러움에 다들 머리를 붙잡고 있는데, 그 순간 누군가 또 공간이동으로 그들 앞에 나타났다.

스페라 백작이었다.

"왕께서 왕궁에 도착하는 즉시 찾아오라고 하셨어요."

"아, 절 기다리신 겁니까?"

"덕분에 한밤중에도 왕궁 밖에서 계속 기다렸지요."

"아, 안에서는 마법을 못 쓰지요. 죄송하게 되었습니다."

"얼른 가요."

스페라가 앞장서자, 포트리아는 다른 장군과 슬롯에게 짧게 인사를 한 뒤 그녀를 따라 걸었다.

포트리아가 말했다.

"묻고 싶은 것이 있습니다."

스페라는 질문을 짐작하고는 앞서 대답했다.

"운정 도사는 잘 쉬고 있어요. 마나를 절제해서 전처럼 막 위험한 상태는 아니라네요. 그리고 천마신교 사람들도 잘 있어요. 회복하고 나서 이상하리만큼 운정 도사를 따르는데, 그 안개 속에서 무슨 일이 있었는지는 정확하게 들은 게 없어요."

포트리아는 손을 저었다.

"그게 아니라, NSMC는 언제쯤 복구될 수 있습니까?"

"지금 바로 착수했는데 아직 견적이 나오지 않았어요. 왜 그러세요? 설마 소론에서 미티어 스트라이크 조건을 받은 건 아니지요?"

"그렇게 되었습니다."

"세상에."

그들은 빠르게 걸어 델라이의 집무실로 갔다.

델라이의 집무실에는 델라이와 머혼이 앉아 있었다.

머혼은 방긋 웃으며 포트리아에게 손을 흔들었다.

"승리 축하드립니다! 구경 못 한 게 참으로 안타깝습니다."

포트리아의 표정이 썩은 것처럼 변했다.

그녀는 반쯤 뜬 눈으로 머혼의 반대편으로 가서 앉으면서 델라이에게 말했다.

"바로 풀어 주신 겁니까?"

델라이는 앞에 있던 과일 하나를 집어 먹으면서 말했다.

"아삭. 그렇게 됐네. 쩝쩝. 그리고 전쟁이 끝났으니, 자네의 대장군직을 회수하지."

"……"

"소론에선 어느 조건들을 받았는가?"

"네 번째와 다섯 번째입니다."

"다섯 번째야, 당연히 그럴 거라고 예상했었고… 근데 네 번째? 미티어 스트라이크 맞나?"

"예. 저희가 현재 미티어 스트라이크를 쓸 수 없다는 걸 이미 아는 것처럼 보였습니다."

"흐음. 설마."

머혼이 어깨를 들썩였다.

"그건 아닐 겁니다. 그런 정보가 있긴 있지만, 확실하지 않아서 애초에 전쟁을 일으킨 것 아닙니까? 그러니 불확실한 정보에 수도 전체를 통째로 배팅한다? 그건 소년 왕이 아무리 무식해도 할 짓이 아니지요."

포트리아는 죽은 사람의 것처럼 보이는 눈으로 머혼을 돌아보며 말했다.

"그럼 왜 네 번째 조건을 받았겠습니까?"

"그야 다섯 번째 조건을 받았으니까요."

"예?"

"다섯 번째 조건. 알시루스 백작을 즉결 처형 하고 그 일가를 모두 죽이는 거 아닙니까? 그럼 그 땅은 어떻게 됩니까? 왕의 것이 되지요. 그 저택이고 뭐고 간에요. 게다가 그거 아십니까? 알시루스 가문이 소유한 땅은 소론 왕가가 소유한 땅보다 큽니다. 소론의 가장 큰 대도시는 수도인 소로노스가 아니라 알시루스 가문의 저택이 위치한 실루노스이지요."

"……."

"그러니, 소론 왕의 입장에서 수도를 포기하는 건 별로 뼈아픈 일이 아닌 겁니다. 포트리아 백작께서는 우리가 미티어 스트라이크 마법을 시전할 수 있다고 과시하기 위해서 네 번째 조항을 억지로 넣었지만, 설마 그것을 선택할 줄은 몰랐겠지요. 그러나 그들에겐 오히려 그게 가장 좋은 조건이 된 겁니다."

"……."

"그리고 또 제1안, 전쟁배상금으로 미스릴을 요구한 거 말입니다. 이거 너무 노골적인 거 아닙니까? 델라이가 미스릴을 바라는 게 너무 드러나 보이지 않습니까?"

"그건 이미 거의 드러난 셈입니다. 그래서 제1안으로 둔 것이고요."

머혼은 고개를 절레절레 흔들면서 말했다.

"흐음. 아무리 제가 감옥에 있었지만, 제게 조언을 구하실 수는 없었던 겁니까?"

"제국과 결탁한다는 혐의가 있었으니, 절대 그럴 수는 없습니다."

"했다는 혐의겠지요. 설마 아직도 그런 혐의가 남아 있습니까?"

포트리아는 상을 쿵 하고 내려쳤다.

"제국 외교관의 실세인 바리스타 후작과 세 시간 이상 대화한 그 말 한마디, 한마디를 모두 확인하지 않는 한 당신의 혐의는 계속해서 있을 겁니다, 머혼 백작."

그때 델라이가 끼어들었다.

"다 들었네."

"예?"

포트리아의 되물음에 델라이가 말했다.

"조금 빠른 속도로 듣긴 했지만 듣긴 다 들었어. 어차피 전쟁 중 난 한가했어서 말이야."

"……."

"혐의는 발견할 수 없었네. 그래서 풀어 준 것이고."

"전하, 제가 다시 한번 들어 보겠습니다."

"그럴 필요까진 없네. 그 내용 중에는 머혼 백작이 젊을 때한 실수들과 사생활이 많이 담겨 있어. 그가 왜 밝히길 꺼려 했는지 충분히 이해하네. 그 이야기를 듣는 건 나 하나로 족해."

"전하!"

"괜찮으니까, 이에 대해선 더 왈가왈부하지 말게."

포트리아는 주먹을 꽉 쥐더니 이글거리는 눈빛으로 머혼을 보았다. 머혼은 어깨를 한 번 들썩이며 그녀를 약 올린 후 델라이를 보며 말했다.

"일단 NSMC를 복구하는 것이 시급하겠습니다. 다행히 전쟁을 압도적으로 이겼기 때문에 미티어 스트라이크 마법을 동원해야 하는 상황을 비껴갈 수도 있었지만, 괜히 항복 조건에 넣는 여유를 부려서 결국 동원해야 하는 상황이 되었습니다."

"머혼 백작! 항복 조건에 미티어 스트라이크를 넣지 않았다면, 오히려 우리가 쓰지 못하는 것으로 생각했을 겁니다!"

포트리아의 외침에도 머혼은 신경 쓰지 않고 말을 이었다.

"만약 우리가 미티어 스트라이크를 제때 쓰지 못한다면, 제국은 우리가 그 마법을 쓰지 못한다 확신하고 빌미를 잡아 전쟁을 선포할지도 모릅니다."

델라이는 고개를 끄덕였다.

"게다가 멜라시움 제조법도 넘어간 상태. 아마 멜라시움 아머 세트를 만들어 내고 그것을 무장한 기사단으로 침공하려하겠지?"

"제국의 능력이라면 별로 어려운 일도 아닐 겁니다. 기간은 어느 정도로 잡으셨습니까?"

머혼의 질문에 포트리아는 이를 한 번 부득 갈더니 말했다.

"미티어 스트라이크에 필요한 마나스톤과 마법사의 양과 질을 곧 알려 주겠다고 했습니다. 소론도 마나스톤과 마법사를 모아야 하니, 대략적으로 일주일 정도의 시간을 주었습니다."

델라이가 스페라에게 말했다.

"일주일 안에 NSMC를 복구할 수 있나?"

스페라는 양손을 펼쳐 보였다.

"될 수도 있고, 안 될 수도 있어요. 근데 지금 마법부가 할 일이 그것만 있는 게 아니잖아요? 제작부에서는 미스릴을 만들어야 한다고 지원해 달라고 하지, 군부에서는 국경을 감시해야 한다고 지원해 달라고 하지, 게다가 이젠 중원인들에게 마법을 수출해야 한다면서요? 거기에 지원해 줄 학파들을 찾으려면 마스터들을 만나고 직접 이야기해야 하는데… 아무튼 할 일이 너무 많아요."

머혼이 말했다.

"그래도 NSMC의 복구가 최우선입니다. 시일을 맞춰서 미티어 스트라이크 마법을 사용하지 못한다면 제국이 침공해 올 수 있습니다."

스페라는 짜증 난 목소리로 말했다.

"아니, 그게 그렇게 쉬운 게 아니라니까요? 모든 마법에는 쿨다운(Cool Down)이란 게 있어요. 한 번 시전하면 일정 시간 동안 다시 시전하기 더 어려워진다고요. NSMC 같은 마법진은 그걸 없애 주거나 줄여 주는 건데, 그게 과부화가 걸린 상태에서 방호마법을 유지하느라 아주 개박살이 났다니까요? 라스 오브 네이처를 막아 낸 것만으로도 기적이에요."

"그럼 복구하지 못하는 겁니까?"

"진짜 몰라요, 몰라. 더 봐야 안다니까요? 별거 아닐 수도 있고, 엄청 큰 거일 수도 있고. 일단 견적이 다 나오면 그때 알려 드릴게요."

그녀의 말에 델라이와 머혼 그리고 포트리아는 동시에 한숨을 쉬었다. 왜냐하면 NSMC가 복구될 수 있느냐 없느냐에 따라서 앞으로의 계획이 현저하게 달라질 것이기 때문이다.

침묵 중에 포트리아가 먼저 말했다.

"NSMC가 복구되면 문제 될 것이 없으니, 일단 복구되지 않는다는 가정하에 말씀드리겠습니다. 소론 쪽에서 보내온 마법사와 마나스톤이 양과 질적인 면에서 떨어진다고 괜히 트집 잡으며 더 보내 달라고 떼쓰는 걸로 일단 시간은 벌 수 있을 겁니다."

"그래 봤자 며칠뿐이겠지. 다른 수는 없나?"

델라이의 물음에는 머혼이 대답했다.

"미티어 스트라이크 마법을 쓰지 않으려고 하는 그 어떠한 술수도 결국 제국으로 하여금 우리가 그것을 못 쓴다는 인상을 줄 수 있습니다. 그들은 이미 정보를 가지고 있는 게 확실합니다. 그래서 소론을 통해 그 정보를 확인하려 했던 것이고요. 그러니 미티어 스트라이크 마법을 실제로 시전해 내는 것 말고는 그들의 침공 의지를 꺾을 수 없을 겁니다."

델라이는 상을 쾅 내려쳤다.

"젠장! 대체 왜 엘프들은 NSMC를 공격한 것이지? 차원이 동을 하는 것이 그들에게 무슨 위협이 된다고 말이야. 도무지 이해할 수가 없네. 스페라 백작, 운정 도사에게 이야기 들은 것 없나?"

스페라는 조심스럽게 대답했다.

"듣기로는 그들도 미지의 것이 두려웠나 봐요. 이는 사실 제 국도 마찬가지죠. 중원… 특히 무공에 대한 두려움이 그들 모 두의 동기라고 볼 수 있어요. 그리고 무공이 두려움을 가질 만한 것이란 건, 이번 알톤 평야 전투에서 더더욱 확실해졌지 요. 엘프 쪽은 운정 도사가 도와줬기에 모두 매듭지었습니다 만, 제국은 아마 멈추지 않을 겁니다. 델라이가 무공이란 기술 을 자신의 것으로 소화하기 전에, 델라이를 무너뜨리려 할 거 예요. 그래서 제가 봤을 땐, 미티어 스트라이크를 쓸 수 있든 없든 결국 침공할 거라고 생각하는데요."

포트리아와 머혼, 그리고 델라이는 모두 그녀를 보고 눈을 동그랗게 떴다.

스페라는 대수롭지 않다는 듯 말을 이었다.

"그렇잖아요? 마치 우리가 미티어 스트라이크 마법을 쓸 수 있게 되면 절대 침공하지 않을 거라는데, 어떻게 그리 확신할 수 있는 거예요, 다들?"

포트리아가 말했다.

"그야, 우리가 패전한다 해도 미티어 스트라이크 마법으로 제국의 대도시들을 파괴한다면 전쟁에서 승리해 델라이 전체를 굴복시킨다고 해도 그쪽의 피해가 오히려 더 클 것입니다. 그래서 사왕국과 제국 간의 평화가 유지되고 있는 것 아닙니까?"

"소론 왕은 수도를 내줬잖아요."

"소론은 천도할 땅과 도시가 있어서 그런 것입니다. 그리고 그들은 어쩔 수 없는 상황입니다. 전쟁에 패배하여 그 대가를 치르는 것이지요. 하지만 제국은 얼마든지 스스로 판단할 수 있습니다. 미티어 스트라이크 마법에 의해 수도와 각종 대도시가 파괴되는 걸 감안하고서도 델라이를 침공할지 말지를요. 상식이 있다면 당연히 그렇게 할 수 없습니다."

스페라는 답답한 듯 손을 저었다.

"아니, 아니, 내 말은 그게 아니라. 소론 왕이 수도를 내줘서 우리가 결국 미티어 스트라이크를 쓰게 될 거잖아요? 그러면 그게 NSMC로 쓴다는 걸 알거고, 그러면 제국은 NSMC를 먼저 날려 버리면 되니까요."

"……."

"……."

"······."

다들 의아한 표정을 짓자, 스페라가 말을 이었다.

"아, 내 말 못 알아듣겠어요? NSMC(National Spatial Magic Circle: 국립공간마법진)의 이름이 공간마법진인 건 마치 그게 공간이동 전문 마법진인 것처럼 숨기려고 한 거잖아요? 근데 그것이 사실 델라이가 미티어 스트라이크 마법을 시전할 때 사용하는 마법진이라는 것까지 알게 된다면, 델라이 수도부터 먼저 그쪽에서 미티어 스트라이크로 날려 버리면 된다고요. 아니면 다른 방법을 써도 되고."

셋 다 멍해진 표정을 지었다.

가장 먼저 정신을 차린 머혼이 몸을 숙이면서 말했다.

"스페라 백작 말이 맞습니다. NSMC는 대외적으로 단순한 공간마법진입니다. 그 웅장함도 사실 차원이동을 연구했기 때문이다 정도로 알려졌습니다. 하지만 NSMC는 사실 모든 종류의 마법진으로 사용할 수 있도록 천재 중 천재였던 로스부룩이 공들여 설계한 것입니다."

그 말에 포트리아가 이어서 말했다.

"다른 사왕국이나 제국은 미티어 스트라이크 마법진을 극비로 두고 숨기지요. 실제로 마법이 시전되지 않는 한 그 위치가 드러나지 않을 겁니다. 하지만 우리는 모든 국가급 마법진을 NSMC로 통합한 지 오래입니다. 과거 NSMC를 건설할 때

필요한 물적 자원을 다른 국가급 마법진에서 빼다 쓰지 않았습니까? 어차피 NSMC로 대신할 수 있다고 말입니다."

델라이는 고개를 끄덕였다.

"그랬지."

머혼이 느리게 말했다.

"NSMC는 정말로 대단한 겁니다. 국가급 마법진을 모두 합쳐 놓은 것과 같습니다. 그뿐만 아니라 초월급이라 여겨졌던 차원이동마법조차 성공시켰지요. 다만 그렇기 때문에 그것은 취약점을 가지고 있습니다. 이것 하나만 망가져도 모든 국가급 마법진이 전부 망가지는 것과 같은 효과이지요."

그 말을 포트리아가 다시 받았다.

"만약 NSMC를 복구하기 위해서 인적자원이 그곳에 모두 동원된다면, 그게 미티어 스트라이크 마법진이 된다는 것을 제국에서 눈치챌 겁니다. 그러니 그것이 크게 중요하지 않은 것처럼 천천히 복구해야 합니다."

델라이는 머리를 감싸 쥐었다.

"그러네. 실수할 뻔했어."

"……."

"……."

"……."

"천천히 공들이지 않고 복구하되, 일주일 내로 복구해야 한다라… 쉽지 않겠군."

머혼이 조금 침중한 목소리로 말을 이었다.

"복구한다고 할지라도, 미티어 스트라이크가 NSMC에서 시전되는 것을 제국이 눈치채면 결국 어떤 술수를 써서라도 NSMC를 작동 불능으로 만들고 침공할 겁니다."

그제야 푹 하고 숨을 내쉰 스페라가 박수를 짝짝 치고는 기쁜 표정과 큰 목소리로 말했다.

"그니까! 그니까! 아! 진짜! 내가 아까부터 말하고 싶은 게 딱 그거라니까요? 우리가 NSMC를 복구해서 미티어 스트라이크 마법을 쓰면 NSMC가 미티어 스트라이크 마법진으로 쓰인다는 게 밝혀지잖아요! 그러면 그 뒤에 제국은 NSMC를 박살내든, 수도를 박살 내든 해서 못 쓰게 만들면 그만이지요! 아, 답답해 죽는 줄 알았네."

포트리아는 이해했다는 듯 고개를 몇 번이고 끄덕였다.

"그래서 애초에 제국이 소론을 동원해서 전쟁을 일으켰다는 것이로군요. 소론이 패배하는 건 당연한 것이고, 그로 인해서 우리가 미티어 스트라이크 마법을 쓴다면 그 미티어 스트라이크 마법진의 위치를 파악할 수 있으니까요."

스페라는 포트리아를 따라서 고개를 마구 끄덕였다.

"네, 네. 제국은 적당히 간보면서 우리랑 전쟁할지 말지 판단하려고 소론을 들이민 게 아니라니까요. 애초부터 전쟁할

결심을 한 거예요. 미티어 스트라이크를 못 쓰면 바로 침공하고, 쓰면 그걸 못 쓰게 만든 뒤에 침공하고. 내 말 이해되죠?"

델라이가 낮은 목소리로 대답했다.

"이해하네."

스페라는 개운하다는 듯 말했다.

"그래서 물어본 거라니까요, 아까! 내가 말했잖아요. 왜 미티어 스트라이크를 쓸 수만 있으면 제국이 전쟁을 안 할 거라고 생각하냐고. 그들은 처음부터 전쟁할 마음이었어요. 다들 정치에는 완전 똑똑한 척하더니, 그 쉬운 걸 모르네, 호호호."

"……"

"……"

"……"

스페라의 표정이 밝아지면 밝아질수록 세 명의 얼굴은 어두워져만 갔다.

한참을 혼자 낄낄거리던 스페라가 심상치 않은 분위기를 읽고는 헛기침을 하며 민망해하자 머혼이 나지막하게 말했다.

"이제 보니 희망 사항 때문에 우리 모두의 눈이 가려진 것 같습니다. 다들 그만큼 제국과의 전쟁이 일어나지 않았으면 하는 마음이었던 거겠지요."

포트리아도 한숨을 쉬더니 나지막하게 말했다.

"그럼 차라리 NSMC를 복구하기보다는 그냥 바로 전쟁 준

비를 하는 게 좋겠습니다. 이러나저러나 침공당할 거라면 말입니다."

"복구하는 척은 합시다. 그러면서 미티어 스트라이크 마법진만 따로 다른 곳에 만드는 작업도 해 보고. 또 NSMC를 파괴하려는 제국의 시도도 그냥 두 눈 뜨고 당할 수는 없겠지요."

스페라의 얼굴이 팍 상했다.

"그거까지 하라고요? 마법부가 눈코 뜰 새도 없이 바쁘다는 말 못 들었어요?"

델라이는 눈을 살짝 감으며 피곤한 듯 말했다.

"그리고 스페라 백작, 마법부에서는 혹시 제국이 델로스를 향해서 미티어 스트라이크 마법을 시전하는지도 살펴 주게. 만약 그들이 우리보다 한발 앞서 있다면, 우리가 NSMC를 복구하기 전에 NSMC를 부수기 위해서 분명 그렇게 하겠지."

그 말을 들은 스페라는 피식 웃더니 말했다.

"설마요. 그럴 리가 있겠어요?"

그런데 그 순간 한 마법사가 헐레벌떡 집무실 안으로 뛰어들어왔다. 그리고 스페라의 말이 무색하게, 다급한 목소리로 말했다.

"제, 제국에서 시, 시전했습니다. 미티어 스트라이크 마법입니다!"

*　　　　*　　　　*

델라이 왕궁 마법부.

중앙에 서 있는 델라이와 포트리아, 머혼과 스페라를 제외하곤 모든 사람들이 바삐 움직이고 있었다. 그들은 고개를 들어서 앞에 있는 거대하고 투명한 창을 보고 있었는데, 그곳에는 다양한 점들과 곡선들이 어지럽게 그려져 있었다.

"정말인가?"

"……."

"다시 확인해 보게."

나이 든 마법사 한명이 대표로 대답했다.

"이미 세 번은 확인해 봤습니다."

"그러니까! 다시 확인해 보라는 말일세!"

"전하, 확실합니다. 마법의 힘이 아니고서야 절대로 변할 수 없는 궤도입니다. 지금 보시는 저 유성은 지금으로부터 12일 14시간 뒤, 델라이의 왕궁에 당도할 것입니다. 크기는 소형으로 보입니다만, 정확한 건 두 시간 정도 더 계산해 봐야 알 수 있을 듯합니다."

"……."

"또한 충돌 예상 시간도 알 수 없는 이유에 의해서 조금씩 오차가 생기고 있어, 그에 관해서도 더 계산해 봐야 확실해질 듯합니다. 12일 14시간보다 더 빨라질 수도, 더 느려질 수도 있습니다."

델라이의 표정엔 허탈함만이 가득했다.

모두들 무슨 말을 해야 할지 몰라 조용히 침묵을 지켰다.

델라이는 양손을 들어서 얼굴을 감싸 쥐었다.

"후우, 후우, 후우."

그의 호흡이 마법부 안에서 나는 유일한 소리였다.

그가 떨리는 목소리로 말했다.

"제, 제국은 한 사오 년 주기로, 미티어 스트라이크 주문을 후, 훈련하지 않나? 땅에 피해가 거의 없는 작은 유성에다 말이지. 그, 그렇지 않나? 좌, 좌표를 실수했을 수도 있다."

대답했던 나이 든 마법사가 더 말하려고 하자, 머혼이 살짝 손을 들어서 그를 제지했다. 그러곤 델라이를 돌아보며 말했다.

"사실 그럴 가능성이 큽니다. 일단 제국에 있는 제 연줄들을 동원해서 무슨 일이 일어났는지 알아보도록 하겠습니다."

델라이는 입을 살짝 벌린 채 고개를 연신 끄덕이더니, 머혼의 손을 덥석 잡았다.

"그, 그래. 그래 주게. 그래도 머혼 백작은 전설적인 옛 머혼 대공의 상속자이지 않았는가? 화, 황제와도 친형제처럼 지냈고. 그러니 머혼 백작이 힘을 써 주면 어떻게 잘될 것이야."

"예, 전하. 우선 이들이 더 편히 일할 수 있도록, 여기서 나가는 것이 좋겠습니다. 마음을 편히 하기 위해서 중앙 정원으로 저와 함께 가시는 것이 어떻습니까? 가서 맑은 공기를 마시며 앞으로의 계획을 논하는 것이 좋을 듯합니다."

머혼은 포트리아를 보더니 눈을 한번 찡긋했다.

마른침을 삼키며 긴장한 표정을 한 델라이가 떨리는 손으로 자신의 이마를 받쳤다. 그런데 곧 이상함을 느끼며 자신의 머리까지 만지작거렸다.

그가 갑자기 소스라치게 놀라며 말했다.

"왕관! 왕관을! 왕관을 가져다주게! 지금 당장! 왕관을 집무실에 두고 왔네!"

머혼은 편안한 표정으로 그를 밖으로 안내하며 말했다.

"사람을 시켜서 꼭 가지고 오겠습니다. 일단은 저와 함께 이동하시지요, 전하."

그 둘은 곧 마법부에서 나갔다.

쿵.

문이 닫히고, 그 문을 허탈하게 바라보던 포트리아가 툭하니 스페라에게 말했다.

"어차피 끝난 거니까 물어보겠습니다, 스페라 백작. 머혼 백작이 제국의 편에 선 겁니까?"

스페라는 나지막하게 대답했다.

"내가 그걸 어떻게 알아요. 그런 건 포트리아 백작이 가장 잘 알아야 하는 거 아니에요?"

"……"

"미티어 스트라이크 마법은 시전한 쪽에서도 되돌릴 수 없어요. 그 마법은 유성 전체에 비하면 아주 미약한 힘으로 궤도를 살짝 벗어나게 하는 것뿐이니까요. 유성이 받는 힘은 대부분 다른 천체들의 중력이니까, 이미 충돌 궤도를 탄 유성을 막을 수는 없어요. 그러니까, 머혼 백작이 외교를 잘 이끌어 낸다고 해도 유성은 결국 델로스에 떨어질 겁니다."

"NSMC를 복구해서 유성을 충돌 궤도에서 벗어나게 할 수는 없습니까?"

"방금 뭐 들은 거예요? 우리가 아무리 막아 봤자, 기껏 해도 살짝 빗겨 가게 하는 수준인데. 수도가 작살나는 건 매한가지예요."

포트리아의 어깨가 축 처졌다.

"아, 그렇군요. 후우, 우리가 미티어 스트라이크 마법을 쓰지 못한다는 것을 알아내자마자, 수도에 유성을 날려 버린다라… 제국의 행동력은 감히 짐작할 수도 없습니다. 스페라 백작, 혹 유성을 막을 수 있는 다른 방법은 없습니까?"

스페라는 머리를 긁적이더니 말했다.

"흐음, 글쎄요. 그리고 앞으로는 절 백작이라고 부르지 마세요. 델라이의 모든 관직을 내려놓을 거니까."

"스페라 백작?"

포트리아가 놀란 눈으로 묻자, 스페라는 어깨를 들썩였다.

"제가 델라이에 있는 이유는 델라이 왕의 서재에 있는 마법 책들 때문인 거 아시죠? 그게 모조리 불타게 생겼으니, 제가 여기 더 있을 이유는 없지 않겠어요?"

"……."

"그럼 행운을 빌겠어요. 머혼 백작하고 알아서 잘해 봐요. 뭐, 머혼 백작도 나랑 비슷한 생각이겠지만."

"스, 스페라 백작."

스페라는 천천히 걸어서 자신의 집무실 쪽으로 올라가 버렸다. 포트리아는 멍한 눈길로 그녀를 바라보다가 곧 허탈한 듯 고개를 숙이고야 말았다.

집무실 안으로 들어온 스페라는 자신의 의자가 뒤쪽으로 돌아가 있는 것을 보고는 말했다.

"너도 바빠질 거다."

의자가 반 바퀴 빙그르르 돌았다. 그곳엔 아이시리스가 있었다.

"아버지가 배신한 거 맞죠?"

"그럴걸? 으… 늙은이. 내가 봐달라고 했는데……."

"근데 안 봐줬어요?"

"응. 안 봐준 거 같아."

스페라는 천천히 한쪽 책장으로 걸어갔다. 그녀가 손을 옆으로 뻗자, 지팡이 하나가 공중에서 나타났다. 그녀는 지팡이의 끝으로 그 책장에 있는 책을 하나씩 톡톡 건드렸는데, 그럴 때마다 책이 하나씩 뿅 하고 사라졌다.

그 모습을 보던 아이시리스가 말했다.

"어떻게 할 거예요?"

"운정 도사 따라다니려고. 정치가 노릇은 이제 못 해먹겠어. 로스부룩이 죽었다는 소리를 들었을 때 진짜 그만두고 혼자 여행이나 할까 했는데, 뭐 더 재밌는 제자가 생겨 버렸으니 어떻게 하겠어? 그 제자나 길러야지."

"재밌는 제자 맞아요? 잘생긴 제자가 아니라?"

"잘생기기도 했지. 그나저나 여기 계속 있으면 너도 위험할걸? 저택으로 도망이라도 치지 그래?"

아이시리스는 어깨를 움츠릴 정도로 숨을 모은 뒤에 턱 하고 숨을 크게 내쉬면서 말했다.

"하아, 아버지가 사고 칠 줄은 알았는데, 결국 이렇게 사고를 치긴 쳤군요. 왜 하필 지금이지?"

한 칸을 모두 비운 그녀는 다음 칸으로 넘어가서 똑같이 책들을 없애기 시작했다.

"딱히 계산해서 배신한 거 같진 않아. 그냥 수틀려서 배신한 거지."

"에이, 아버지가요? 설마요."

스페라는 피식 웃었다.

"너처럼 총명한 사람도, 아니, 그걸 떠나서 친자식인데도 모를 정도로구나, 머혼은."

"……."

"그 사람, 얼마나 충동적인 줄 알아? 정말 자신의 감정에 솔직해. 재밌는 건 뭐냐면 그렇게 충동적으로 일을 저질러 놓고 나서 전부 귀신같이 뒤처리하는 거야. 그걸 보면 진짜 원래부터 계획적으로 한 게 아닌가 하는 생각이 들게 마련이지. 하지만 진실은 그렇지 않아. 진짜 충동적으로 결정한다니까?"

"진짜예요?"

스페라는 고개를 절레절레 흔들면서 말했다.

"어. 전에 나한테 뭐라 했더라? 자기는 내일 자기가 뭐 할지 모른대. 내일 가 봐야 안대. 그래서 배신할 거냐, 안 할 거냐. 이게 그 인간한테는 의미가 없어. 안 한다고 해도 오늘은 안 하는 거고 한다고 해도 단지 오늘이었을 뿐이거든. 오늘은 오늘의 결정을 내리는 머혼이 있고, 내일은 내일의 결정을 내리는 머혼이 있을 뿐이야. 그래서 그 인간은 짐작이 안 돼. 도대체 무슨 생각을 하는지 알 수가 없다니까. 자기도 자기 생각을 몰라, 심지어. 자기도 모르는 걸 남이 어떻게 알아? 안 그래?"

"와, 진짜 무섭네요."

"무섭지. 더 무서운 건 그렇게 사는데 전부 다 계획한 것 같아. 마치 모든 일을 아는 것처럼 행동하고 이끌어 내지. 그런 인간이야, 네 아버지는. 계획적으로 충동적이게 산다고. 웃기지?"

아이시리스는 손으로 턱을 받치며 말했다.

"아, 그러고 보니, 어머니가 그런 말을 하긴 했어요. 제가 진짜 궁금했거든요. 솔직히 딸인 내가 봐도 엄마가 너무 아깝잖아요? 중년에 접어든 지금도 아까운데 결혼했을 때는 진짜 말도 안 되게 아까웠을 거잖아요? 게다가 그때는 아버지한테 본처가 있어서 첩으로 시집간 거란 말이에요. 어머니가 뭐 정치적인 이유 때문에 가문의 뜻에 순종하거나 그럴 사람도 아니고 분명 자기가 하겠다고 했으니까 결혼했을 것이고. 그래서 왜 아버지랑 결혼했냐고, 제가 몇 번이고 물었었어요. 계속 대답 안 해 주다가 딱 한마디 하셨지요."

"무슨 말?"

"재밌을 것 같다고 생각했대요."

"뭐?"

"재밌을 것 같다고 생각했대요, 아버지랑 사는 삶이. 사실 어머니께서는 처녀 시절 너무 따분해서 자살하고 싶다는 생각을 매일같이 했었대요. 근데 아버지를 알게 되고 나서부터 살아 있는 것 같다고 느꼈대요."

"참 나. 딸한테 그런 말을 했다고? 아, 맞다. 너네 엄마도 제정신은 아니지? 잊고 있었네."

아이시리스의 눈이 반쯤 감겼다.

"아니, 그걸 제 앞에서 그렇게 얘기하기예요?"

"뭐? 너도 동의하는 거잖아?"

"그야… 뭐."

"아무튼, 너도 내가 특별히 아끼는 제자 중 하나니까 앞으로 나랑 같이 다니고 싶으면 그렇게 하렴. 뭐, 아버지 따라서 칼날 위에서 살겠다면 말리진 않으마."

아이시리스는 입술을 삐죽거렸다.

"전 부모님 같은 삶은 절대 못 살아요. 불안해서. 뭐 슬슬 독립하는 것도 나쁘지는 않네요. 어머니가 날 보는 눈도 예전 같지 않아서……."

"……"

"그래서 구체적인 제자 육성 계획은 어떻게 되는데요?"

책장에서 모든 책들을 공간이동시킨 스페라는 이제 다른 편으로 가서 큰 상자를 열었다. 그 안에는 각종 보석들과 마나스톤들이 가득 쌓여 있었는데, 그녀는 그것들 하나하나를 꺼내 보며 필요한 것만 지팡이로 공간이동을 시키고, 필요하지 않은 것은 뒤로 던지기 시작했다.

"어찌 됐든 일단 운정 도사는 현재 중원으로 돌아가기 어려울 거야. 그러면 여기 어디서 정착해서 살려고 하지 않을까? 그거 도와줘도 되고."

"……"

"아니면, 뭐 그 문파라고 하나? 그거 설립하려고 할 때, 도움을 줄 수도 있을 거야. 그 와중에 마법적인 면도 분명 도움이 필요할 테니까, 내가 그걸 제공하면 되겠지. 그러면서 마법도 가르쳐 주고."

"⋯⋯."

"아니면, 어디 빈 땅에 가서 나라 하나를 아예 세우는 것도 나쁘지 않을 것 같은데? 몰래몰래 성장해서 파인랜드를 하나하나씩 정복해 나가는 거지. 응?"

아이시리스는 휙휙 날아다니는 보석들과 마나스톤들을 감정이 없는 눈으로 구경하며 말했다.

"별생각 없죠, 스승님도?"

"아, 들켰네."

"⋯⋯."

"아무튼 옆에 붙어는 있으려고. 너도 같이 가자. 여기 남아 있다가 솔직히 언제 목이 날아갈지 모를걸? 포트리아 백작이 바보도 아니고. 지금 정신이 조금 나가서 그렇지, 금세 사태 파악을 다 할 거야. 그러면 아마 둘이 서로 죽이네 마네 하지 않을까?"

"흐음, 그럴까요?"

"분명히 그럴걸. 어차피 델로스가 소멸하는 건 기정사실이잖아? 그리고 제국이 딸랑 유성 하나만 보내진 않겠지? 곧 기사들과 병사들이 델로스를 점거할 거란 말이야. 그리고 항복을 받아 내든 뭐를 하든 하겠지. 그러면 델라이는 제국에 종속될 거고, 델라이의 핵심 인물이라 할 수 있는 포트리아 백작은 살길이 없어. 그녀의 성격상 제국에 무릎을 꿇지도 않을 거고. 그러면 그녀가 마지막으로 할 수 있는 게 뭐겠어? 머혼이라도 잡아서 족쳐야겠다, 뭐 그런 거 아니겠어?"

"……."

갑자기 스페라가 입을 살짝 벌리더니 하던 일을 멈추고는 감탄한 듯 말했다.

"아, 그러고 보니까 지금 델라이 왕이 머혼 백작의 손에 있네. 와, 빨라 역시. 델라이가 멸망한다는 판단이 서자마자 그런 행동이 나오는 건가? 그 나이에 그런 순발력은 어디서 나오는 거야? 바로 나왔을 리는 없고, 미리 생각해 둔 거겠지? 아니, 즉흥적인 판단이었으려나?"

그 말을 들은 아이시리스의 눈이 날카로워졌다.

"아, 지금 델라이 왕이 아버지 손아귀에 있어요?"

"응. 유성 떨어진다는 거 확인하자마자 바로 데리고 나갔지. 진짜 대단하……."

쿵! 쿵! 쿵!

누군가 집무실의 문을 세게 두들겼다.

스페라와 아이시리스가 눈을 마주쳤고, 아이시리스는 곧 상 아래로 기어 들어가며 나지막하게 말했다.

"나 있다고 하지 마요. 이 나이에 죽긴 싫으니까."

스페라는 희미하게 웃어 보이곤 문 쪽으로 걸어가서 문을 열었다.

그곳엔 이마에 땀이 송골송골 맺힌 포트리아가 있었다.

"머혼 백작, 어디 있는지 압니까?"

스페라가 말했다.

"글쎄요? 아까 전하와 함께 중앙 정원으로 간다 하지 않았습니까?"

포트리아는 숨을 한번 고르더니 분노 가득한 목소리로 말했다.

"아닙니다. 전하와 함께 사라졌습니다."

스페라는 살짝 고개를 들며 말했다.

"중앙 정원이라면… 그곳을 관리하는 테이머가 사정을 알지 않을까요?"

"머혼 백작이 그에게 물러나 있으라고 했나 봅니다. 머혼 백작과 전하가 함께 있던 것까지는 그를 통해 확인되었습니다."

"흐음, 그럼… 납치라도 당한 건가?"

포트리아는 이를 부득 갈더니 말했다.

"그를 찾을 길이 없겠습니까?"

스페라는 양손을 펼쳐 보이더니 말했다.

"전 더 이상 델라이의 신하가 아니에요. 이제 막 나가려고 하는 길입니다."

포트리아는 격정적으로 소리를 질렀다.

"스페라 백작! 제발 도와주십시오, 스페라 백작!"

그녀의 얼굴이 일그러지다 못해 울상이 되어 갔다.

스페라의 얼굴에서 표정이 증발하고 아무것도 남지 않게 되었다.

그녀가 말했다.

"내가 도와준다면 나에게 무엇을 줄 수 있죠, 포트리아 백작?"

"무, 무엇이든 드리겠습니다. 워, 원하는 거……."

"나 정도 되는 마법사가 바라는 게 뭐겠어요? 지식뿐이지. 제가 만족할 만한 지식을 가지고 계신가요, 포트리아 백작?"

포트리아는 침을 한번 삼키더니 다급하게 말했다.

"차, 찰스 왕자가 있습니다. 왕의 서재는 델라이 왕가의 피로 열리니까, 찰스 왕자의 피로도 열릴 겁니다. 그 안에서 원하시는 만큼 지식을 가져가십시오. 다 내어 드리겠습니다."

절대 변할 것 같지 않던 스페라의 표정이 조금씩 바뀌기 시작했다.

그녀의 두 눈이 위로 향했다가, 다시 내려오기를 수십 번 반복한 뒤, 그녀는 몸을 돌렸다.

"뭐, 인질에는 인질이 답이죠."

그 말이 끝나기 무섭게 상 아래에서 아이시리스가 벌떡 일어났다.

"스승님! 와! 진짜! 어이없다!"

포트리아의 두 눈에 아이시리스의 모습이 보이자, 그녀의 표정에 가득했던 절망감이 사라지며 강렬한 의지가 드러나기 시작했다.

스페라는 희미한 미소를 얼굴에 띠며 말했다.

"너무 걱정하지는 마. 아끼는 제자인 만큼 절대로 다치게 하진 않을 거니까."

그녀가 지팡이를 뻗자, 아이시리스의 몸이 둥실 떠올랐다.

*   *   *

찰스 왕세자는 졸린 눈으로 앞에 있는 세 명의 소녀를 보았다. 그녀들은 실오라기 하나 걸치지 않은 채로, 두려움과 기대감이 반쯤 섞인 눈을 하고 있었다. 다들 한 도시에서 소문이 날 만큼 아름다웠지만, 왠지 모르게 얼굴과 분위기가 서로 비슷했다.

찰스는 심드렁한 표정으로 하품을 하더니, 옆에 있던 나이든 하인에게 말했다.

"뭔가 부족해. 응? 부족하다고."

그 늙은 하인은 공손히 고개를 숙이며 말했다.

"델라이 전체를 돌아다니며 제 눈으로 직접 판단하여 데려온 최종 삼인입니다. 이들보다 더 비슷하게 생긴 사람은 없을 겁니다."

찰스는 고개를 절레절레 저었다.

"이 셋의 장점을 다 합쳐도 반도 안 되겠어. 저 왼쪽을 봐. 응? 가슴이 짝짝이잖아? 그리고 중간은 눈매가 너무 처졌어. 도도한 맛이 전혀 없고. 또 오른쪽은 하관이 너무 튀어나와서 별로 비슷하지도 않아."

"……"

"후… 겨우 이 정도라… 실망인데?"

"단언컨대 이들보다 레이디 아시스를 닮은 여자는 뎰라이내에 없을 것이라 자부합니다."

"쯧, 짜증 나네. 하! 그년을 진짜 붙잡아다가 응? 남자가 어떤 존잰지 알게 해 줘야 하는데. 뭐 아쉽지만 어쩔 수 없지. 일단은 이 셋으로 즐겨야겠어."

"예? 세, 세 명 다 말입니까?"

"그래. 왜 그러는데?"

"그, 그게 돈을 약속한 만큼만 준비해서, 세 명에게 다 줄 수가 없습니다."

"뭐? 참 나. 야, 너네 셋!"

알몸의 세 소녀들은 고개를 살짝 숙이며 대답했다.

"예, 저하."

"네, 저하."

"예, 저하."

찰스는 그 목소리를 듣고는 얼굴을 한번 찡그리더니 말했다.

"촌년들이라 사투리도 아주 거슬리네, 젠장. 앞으로 말은 꺼내지 마라. 아무튼, 미안하지만 약속한 금액에서 삼분의 일만 줄 수밖에 없게 됐어. 싫으면 이 방에서 나가라. 난 한 명만 남아도 상관없으니까."

세 소녀들은 모두 평민이었다. 원래 지급받기로 한 돈의 액수가 삼분의 일로 줄어든다고 해서 절대 적은 건 아니었다. 아쉽기는 했지만, 셋 중 누구도 방 밖으로 발걸음을 옮기는 사람은 없었다.

찰스는 한 번 웃더니, 자리에서 일어났다. 그러자 그가 위에 걸치고만 있었던 천이 내려가 그의 알몸이 드러났다. 원래부터 체격이 좋은 그는 평소 무술에 관심이 많아 전체적으로 몸의 균형도 좋았다. 세 소녀들은 찰스의 알몸을 보면서 안도의 한숨을 쉬었다.

적어도 최악의 경우는 아닌 것이다.

찰스는 한쪽으로 걸어가 값비싼 목걸이를 꺼냈다. 그리고 그것을 소녀들을 향해 흔들어 보이면서 말했다.

"가장 나를 만족시키는 년에겐 이걸 주도록 하지. 난 여자가 자발적으로, 또 적극적으로 하는 게 편해. 강제로 하는 건 조금 질렸거든. 그러니까 알아서 잘 노력해 봐."

"……."

아무도 말을 하지 않자, 목걸이를 잡은 그의 손이 스르륵 내려왔다. 그러다 그의 얼굴이 점차 일그러지더니, 눈에서 살기가 흘렀다.

 "대신 가장 미적지근한 년은 개 먹이로 줄 테니까. 응? 알았어?"

 소녀들이 몸서리를 치자, 만족스러운 미소를 지은 그는 자신의 침대로 올라갔다. 그리고 대자로 누워서 자신의 남성을 여과 없이 보여 주었다. 세 소녀들이 어쩔 줄 몰라 하자, 찰스가 다시 말했다.

 "뭐 해? 안 오고? 목걸이 갖고 싶지 않아? 이거 비싼 거야? 집 하나는 살 수 있다고? 혹시 개 먹이가 되고 싶은 건가? 그런 거야? 어?"

 그 말을 듣자 소녀들이 서로를 보며 눈치를 살폈다. 그러다가 막 걸음을 떼려는 순간, 찰스 왕세자의 침실 문이 벌컥 열렸다.

 포트리아였다.

 "저하, 긴히 할 말이 있어⋯⋯."

 포트리아의 눈이 소녀들을 한 번씩 거쳐 갈 때마다, 그 눈에 담긴 경멸도 한 층씩 진해졌다. 특히 여성보다는 어린아이에 가까웠던 중앙의 소녀를 지날 땐, 눈가가 파르르 떨리기까지 했다. 포트리아의 시선이 찰스에게 도달했을 때는 이미 사람을 보는 눈빛이 아니었다.

 찰스는 얼른 침대보로 자신의 몸을 가리면서 말했다.

"포, 포트리아 백작! 이, 이게 무슨 짓인가! 응? 내 침실에 누가 그렇게 막 들어오라고 했어! 어? 아무리 포트리아 백작이지만 이건 그냥 넘어갈 수 없는 거야!"

포트리아는 그 말을 들으면서도 굳은 표정을 풀지 않았다. 그녀는 세 소녀들을 물끄러미 보다가 밖으로 나가라는 손짓을 했다. 그러자 그 소녀들은 벌게진 얼굴을 가리면서 밖으로 나갔다.

그렇게 나가는 소녀들의 얼굴을 하나하나 살피던 포트리아의 머리에 떠오르는 얼굴이 있었다. 그녀는 곧 경멸을 넘어서 혐오를 담은 표정으로 찰스를 보았다. 그리고 뭐라 큰소리를 치려는데, 갑자기 머리를 파고드는 생각에 말을 가까스로 멈췄다.

찰스는 더욱 인상을 쓰며 말했다.

"포트리아 백작! 지금 뭐 하는 짓이냐고 묻지 않는가! 응?"

"아시스라… 흐음."

"뭐? 뭐라고?"

포트리아는 마른침을 한번 삼키더니 나지막하게 말했다.

"찰스 왕세자님, 델라이 왕께서 실종되셨습니다. 또한 제국이 미티어 스트라이크 마법을 시전, 텔로스는 14일 뒤 파괴될 예정입니다. 국가비상사태이지요."

찰스는 그 말을 듣고도 무슨 뜻인지 바로 이해하지 못했다.

"뭐, 뭐라고요? 시, 실종? 미티어 스트라이크?"

"예. 델라이가 멸망할 수도 있단 말입니다. 현재 델라이 왕께서 실종된 이상, 델라이의 왕권은 당신에게 있습니다."

"……."

찰스는 멍한 표정으로 가만히 포트리아를 볼 뿐이었다.

그가 아무런 말도 하지 않자, 포트리아가 강한 어조로 말했다.

"당신은 이제 찰스 왕세자가 아니라, 델라이 왕입니다. 아직 선왕 전하께서 살아 계시는 걸로는 보이니, 델라이 주니어 왕이시죠."

"내, 내가?"

"그토록 바라셨던 자리 아닙니까? 당연히 기뻐하시리라 믿었는데 기뻐하지 않으시는군요."

찰스는 얼굴을 일그러뜨리며 침상에서 나왔다.

"그야 델라이 모든 귀족들 앞에서 당당히 왕의 자리에 오를 줄 알았기 때문이다! 이딴 식으로 내 침실에서 귀족 한 명에게 축하를 받을 줄이야 꿈에도 몰랐지! 게다가 미티어 스트라이크? 지금 유성이 우리 델로스로 떨어지고 있다고? 그럼 델라이는 이미 끝장난 거 아닌가? 멸망한 나라를 이어받아서 뭐가 좋다는 말이지?"

포트리아는 덜렁거리는 찰스의 남성을 보지 않기 위해서 눈을 감아 버리고는 말했다.

"그래도 말 한마디에 사태 파악을 다 하시니 그나마 다행입니다. 얼빠진 것보다는 분노한 게 차라리 낫지요. 일단 옷을 입으시지요. 저와 함께 가야 할 곳이 있습니다."

"어디를?"

"일단 제 말에 따라 주시지요. 머혼 백작이 선왕 전하를 납치했을 가능성이 큽니다. 빠르게 행동을 취하지 않으면, 당신께서도 위험합니다."

"하! 참 나! 머혼 백작이?"

"예, 머혼 백작이요. 이는 반역죄에 해당하기에, 그를 찾아서 죗값을 치르게 해야 합니다. 물론 그의 자식들에게도."

"……"

"제 말을 알아들으셨다면, 일단 옷을 입으시지요."

찰스는 어이없다는 듯 숨소리를 내더니 곧 옷장으로 걸어갔다. 그리고 대충 천 옷과 가죽 바지를 집어서 입는데, 손길이 느린 것이 깊은 생각에 빠져 있는 듯했다. 포트리아는 그가 충분히 생각할 수 있게끔 재촉하지 않았다.

결국 옷을 다 입은 그가 포트리아에게 말했다.

"칼이 필요하겠지? 혹시 모르니."

포트리아는 고개를 끄덕였다.

"예, 필요할 겁니다."

찰스는 고개를 한 번 끄덕인 뒤에, 창가로 갔다. 그리고 창문 틈에 기대어 있는 레이피어 하나를 들었는데, 금빛으로 빛나는 것이 어떤 특수한 초합금속인 듯 보였다. 그는 그것을 들고 포트리아 쪽으로 걸어가다가 일순간 번개처럼 휘둘렀다.

"커— 억! 커헉!"

늙은 하인은 믿을 수 없다는 듯한 두 눈빛으로 그를 보았다.
찰스는 심장에 박힌 그의 검을 뽑으면서 포트리아에게 말했다.

"이 사태를 하인 따위가 알아선 안 되겠지. 안 그런가?"

"……."

"안내하게, 포트리아 백작."

먼저 앞서 나간 찰스는 검을 허리에 차면서 포트리아가 나
오기를 기다렸다. 포트리아는 무심한 눈길로 하인을 보다가
곧 몸을 돌려서 밖으로 나갔다.

포트리아는 앞장섰다.

"일단 왕가의 서재로 갈 겁니다."

"왕가의 서재? 거긴 왜?"

"스페라 백작께서 델라이에 충성하던 이유는 바로 왕가의
서재에 담긴 지식 때문입니다. 왕가의 서재는 봉인되어 있어
왕가의 피가 아니라면 절대 다른 방법으론 열람할 수 없습니
다. 그러니, 전하의 피가 왕가의 서재를 열 수 있다는 걸 그녀
가 확인한다면 우리 편에 설 것입니다."

"확실히 내 피로도 왕가의 서재는 열 수 있으니까."

"현재와 같은 상황에 그녀의 도움은 절대적입니다. 델라이
의 미치광이라는 위명은 파인랜드 전체에 익히 퍼져 있다는
것을 잘 아시겠지요. 그녀는 델라이 국력의 큰 축입니다. 그녀

의 지지를 받아야만 왕권을 유지하실 수 있으실 겁니다."

"하아, 그 미치광이의 도움을 받아야 한다고? 아버지께서 말씀하시길 그녀는 종잡을 수 없는 여인이라 했다. 그녀가 계속해서 내게 충성하리라고 어떻게 확신할 수 있는가?"

"그녀는 누구에게 충성할 수 있는 사람이 아닙니다. 당신에게 지식이 있는 한 당신과 거래할 겁니다. 거래."

"거래라……."

"그렇게 생각하시는 편이 좋을 겁니다. 그녀는 선왕 전하와도 거래를 한 것이니까요."

찰스는 이후 걸어가는 도중 어떻게 이런 사태가 벌어졌는지 하나하나 물어보기 시작했고, 포트리아는 자신이 아는 걸 최대한 말해 주었다. 덕분에 그들이 왕가의 서재에 도착했을 땐, 찰스도 자세한 상황을 알게 된 후였다.

찰스는 멀리서 팔짱을 끼고 자신을 기다리는 스페라를 보며 포트리아에게 말했다.

"결국 백작의 잘못된 판단 때문에 아버지께서 실종되신 것이고, 델로스도 파괴된 거 아닌가? 배신한 머혼 백작이야 말할 것도 없지만, 당신도 책임에서 자유로울 순 없을 것이다."

"……."

포트리아는 입을 굳게 닫으며 아무 말도 하지 않았다. 그의 말이 틀리진 않았기 때문이다.

그들이 가까이 오자, 스페라가 거대한 서재의 문을 엄지로 가리키며 말했다.

"늦었네요. 자, 열어 봐요, 어서."

찰스는 포트리아를 한 번 보았고, 포트리아는 고개를 끄덕였다. 찰스는 눈썹을 올리고는 과거 그의 아버지가 서재의 문을 열었던 방법을 떠올렸다. 그는 레이피어를 들고 자신의 검지를 살짝 베어서 피가 흘러나오게 했다. 그는 그 검지를 서재의 대문에 조각된 문양 한가운데에 가져갔는데, 그의 손가락이 닿자 문양들에서 희미한 빛이 흘러나오더니 쿵 하는 소리와 함께 대문이 살짝 뒤쪽으로 열렸다.

스페라는 환하기 그지없는 표정과 함께 그 문을 열고 안으로 들어갔다.

투명한 유리 천장에서 쏟아지는 달빛이 지름 50m의 둥그런 서재 전체를 은은하게 밝히고 있었다. 벽면 빼곡히 꽂혀 있는 책들은 마치 그 건물을 책으로 지은 것 같은 착각을 주었다. 또한 꽃잎처럼 중앙에서부터 이어지는 세 개의 상 위로 먼지가 가득했다.

스페라는 춤을 추듯 그 상 위로 올라갔다. 팔을 벌리고 뱅그르르 돌면서 수백만 권의 책들을 기쁨의 눈길로 바라보았다.

"좋아요! 좋아! 히힛! 좋아! 이제 마음껏 볼 수 있겠어!"

찰스는 눈을 살짝 좁힌 뒤에 그녀에게 말했다.

"그건 내 말에 충성할 때나 가능한 겁니다, 스페라 백작."

"저, 저하!"

포트리아가 심각한 표정을 지으며 놀란 목소리를 내었지만 찰스는 포트리아를 무시하며 자신의 가슴을 쳤다.

"앞으로 내게 충성하시지요. 그러면 이 서재의 모든 책은 당신의 것이 될 겁니다, 스페라 백작."

스페라는 한 번 고개를 갸웃하더니 말했다.

"순간 잘못 들었나 했는데, 두 번 말하는 거 보니 진심인가 보네. 하아, 기분 좋았는데, 왜 찬물을 들이부을까?"

그녀는 팔을 힘없이 내리더니, 상 위에서 살짝 뛰어 내려왔다. 그러곤 찰스 앞까지 뚜벅뚜벅 걸어가더니, 그의 코앞에 섰다. 그녀가 아무리 눈을 마주쳐도, 찰스는 그녀의 눈을 피하지 않았다.

스페라는 피식 웃더니 오른손을 옆으로 뻗었다. 그러자 공중에서 나타난 지팡이가 그녀의 손에 잡혔다.

그녀가 말했다.

"여기는 말이에요. 노매직존에서 벗어난 곳이에요, 찰스 왕세자님?"

"더 이상 왕세자가 아니라 델라이 왕이다, 스페라 백작."

"카핫! 유머 감각도 있으시네? 그래서요? 어쩌라고요? 나는 관직을 다 내려놓았는걸요? 난 당신에게 충성할 이유가 없어요. 예?"

찰스 왕세자, 아니, 델라이 주니어 왕은 양팔을 쭉 뻗고 양손을 펼치며 말했다.

"이곳이다."

"예?"

"당신이 나에게 충성해야 할 이유 말이다. 바로 여기 있다, 스페라 백작. 이 건물 자체가 바로 스페라 백작이 내게 충성해야 하는 이유지. 만약 이곳의 지식을 원한다면 나에게 평생 충성해야 할 것이다."

"……."

"내게 충성하지 않겠다면 나도 말리지 않겠다. 하지만 이곳의 지식은 절대 얻을 수 없을 것이다."

스페라는 슬쩍 포트리아를 보았다. 포트리아는 이미 손을 들어서 자신의 얼굴을 가리고 있었다. 안 보겠다는 뜻이다.

스페라의 얼굴에 웃음기가 생겼고, 곧 동시에 그녀의 지팡이에서 빛이 나기 시작했다.

그녀가 스산한 목소리로 말했다.

"평생? 평생 같은 소리 하네. 기껏 해 봤자 보름이겠지요. 지금 델라이에 무슨 일이 벌어지는지도 몰라요? 정말 멍청이네. 참 나."

말이 끝나는 순간 찰스 왕세자, 아니, 델라이 주니어 왕의 몸이 둥실 떠오르더니, 순식간에 서재의 천장까지 올라갔다.

그렇게 유리 천장에 닿을 즈음, 그의 몸이 갑자기 멈췄다. 당연하지만, 이내 추락하기 시작했다.

"으아아아아아악!"

그 비명은 몇 번이고 계속되었다.

*   *   *

"우에엑, 우엑."

한쪽에서 들리는 불쾌한 소리에 포트리아는 얼굴을 찡그리며 스페라를 보았다. 스페라는 상 위에 걸터앉은 채로 책 하나를 읽고 있었는데, 한 페이지를 넘기는 시간이 1초가 채 걸리지 않았다. 어떠한 소리도 그녀의 집중을 방해할 수 없는 듯 보였다.

포트리아가 물었다.

"그럼 계속 서재에 있으실 겁니까?"

"네. 잿더미가 되기 전에 중요한 지식들을 최대한 확보해야죠. 물론 내가 필요하면 찾아와요. 조건대로 바로 도와줄게요."

"그럼 일단 아이시리스를 내주시지요."

"왜요? 내가 데리고 있는 게 좋지 않겠어요?"

"머혼 백작은 눈앞에서 보여 주지 않는다면 믿지 않을 겁니다."

"흐음."

"제게 협조하시기로 약조하지 않으셨습니까?"

스페라는 책장을 넘기던 오른손을 옆으로 뻗어 지팡이를 공중에서 꺼냈다. 그리고 살짝 흔들자, 지팡이의 끝에서 아이시리스가 뿅 하고 튀어나왔다. 그녀는 양손이 결박되어 있었고, 입마개도 하고 있어 날카로운 눈빛으로 스페라를 보는 것 이외에 아무 행동도 할 수 없었다.

스페라는 아이시리스를 보지도 않고, 다시 책장을 넘겼다. 포트리아는 아이시리스를 결박한 은색 체인에 작은 글씨가 빼곡히 쓰여 있는 것을 확인했다. 마법을 억제하는 듯했다.

포트리아가 말했다.

"그럼 또 도움이 필요하면 찾아오지요. 전하, 쾌차하셨으면 저와 함께 움직이시지요."

찰스는 토사물이 묻은 입을 닦더니 죽일 듯 스페라를 노려보았다. 그러나 곧 자리에서 천천히 일어나 분노를 담은 콧김을 한 번 내쉬더니, 그녀에게서 눈길을 돌려 포트리아를 보았다.

"알았네. 후우, 괜찮으니 이제 가지. 그런데 그 아이는 레이디 아이시리스가 아닌가?"

찰스는 아이시리스를 뚫어지게 보았다. 그의 눈빛이 서서히 더럽게 변하는 것을 본 포트리아는 아이시리스의 앞을 막아서며 고개를 끄덕였다.

"중요한 인질이지요. 머혼 백작이 델라이 왕을 납치했다면, 이 아이를 유용하게 쓸 수 있을 겁니다."

찰스는 고개를 돌리며 말했다.

"흥. 아시스라면 모를까, 그 애가 머혼에게 그렇게 중요할까?"

포트리아는 걸음을 옮기며 말했다.

"아시리스 황녀에겐 중요할 겁니다. 그리고 머혼 백작은 자신의 아내를 지극히 사랑하지요. 그러니, 매우 중요합니다. 이점 잊지 마시길 바랍니다."

"……."

"일단 군부로 가시지요. 가서 현 사태를 파악하고, 기사들을 소집하도록 하겠습니다."

찰스는 책을 보던 스페라를 한번 흘겨보더니, 몸을 돌려 포트리아를 따라 걸었다.

그들은 그렇게 군부에 들어섰다.

그곳은 마법부 못지않게 매우 바빴는데, 모든 사람들이 포트리아와 찰스, 그리고 아이시리스를 보고도 짧게 인사만 할 뿐이었다.

그중 포트리아를 알아본 세 장군들은 빠르게 그녀에게 다가왔다.

맥컬리는 찰스와 아이시리스를 번갈아 보더니 곧 입을 열었다.

"포트리아 장군님, 어서 오십시오. 그런데 레이디 아이시리스와 찰스 왕세자께서는 혹시……."

포트리아는 그 말을 무시하곤 말했다.

"현 상황은 어떻지? 소론이나 제국에선 아무런 말이 없나?"

"예, 아직까지 아무런 소식도 없습니다. 저희 쪽에서 먼저 제국에게 따져 물을지 고민 중이었습니다. 다만 그렇게 하기 위해서는 사랑교를 통해야 하는데, 그럼 프란시스 대주교께서 미티어 스트라이크 마법에 관해서 알게 될 것입니다."

"제국에서 아무 말이 없다면, 더 일을 만들지 말게. 왕권을 제대로 회복하는 게 급선무야. 제국과 시비를 가리는 건 그 이후. 우선은 흑기사단과 백기사단을 소집해. 모든 군부의 인원을 머혼 백작을 찾는 데 집중하게."

"아버지겠지, 포트리아 백작. 아버지를 찾는 데 집중해야지."

포트리아가 고개를 돌리자, 그곳에는 그녀를 노려보는 찰스가 있었다.

그녀가 담담하게 말했다.

"예, 물론입니다. 머혼 백작께서 왕을 데리고 있기 때문에, 그렇게 말한 겁니다."

"아, 그런가? 정말로?"

"……."

찰스는 검지로 맥컬리 장군을 가리켰다.

"자네가 맥컬리 장군이지?"

맥컬리는 경례 자세를 취했다.

"예, 저하."

찰스는 눈살을 찌푸리더니 말했다.

"전하다. 아버님이 실종된 이상 내가 실질적인 왕이니까, 호칭을 바로 하게."

"……."

"그리고 가장 우선적으로 아버지를 찾아. 아버지의 위치를 찾고 나면 나에게 알려 주고."

맥컬리는 포트리아의 눈치를 한번 보고는 대답했다.

"예, 전하."

그는 그렇게 말한 뒤에 물러갔다.

그들은 이후 그곳에서 기다리는데, 소식을 들은 슬롯이 군부에 도착했다. 그는 눈빛이 탁했고, 얼굴색이 좋지 못했다. 승전 후 연회에서 진탕 마신 술이 아직 깨지 않은 것이다.

그가 어눌한 발음으로 말했다.

"델라이 왕께서 실종되셨다는 게 사실입니까?"

그 목소리를 들은 포트리아가 대답했다.

"예, 그렇습니다, 슬롯 경. 막 전쟁이 끝난 뒤 이런 일이……."

그녀가 말을 끝내기도 전에 찰스가 고함을 쳤다.

"슬롯 경! 자네는 아버지의 기사이지. 목숨을 걸고 아버지의 신변을 지키리라 맹세하지 않았나? 그런데 지금 이게 뭔가? 자네가 술에 취해 있는 사이에 아버지께서 실종되지 않았는가?"

슬롯은 눈을 껌벅껌벅 뜨더니, 찰스를 보곤 말했다.

"와, 왕세자? 찰스 왕세자이십니까?"

찰스는 얼굴을 일그러트리더니, 슬롯의 앞까지 걸어갔다. 그러곤 오른손을 들어서 그의 뺨을 때렸다. 아니, 때리려 했다.

휘익.

허무하게 지나가 버린 손과 함께, 찰스의 얼굴에 민망함이 차올랐다. 슬롯은 느릿한 목소리로 말했다.

"어이쿠, 저도 모르게 그만."

찰스의 얼굴이 붉으락푸르락해지더니, 이내 레이피어를 뽑아 들고는 슬롯의 목을 겨냥했다. 슬롯은 자신의 목을 살짝 파고든 레이피어의 찬 기운을 느끼고는 얼굴을 완전히 굳히고 찰스를 바라보았다.

포트리아는 슬롯의 눈빛이 서서히 살벌해지는 것을 보고는 얼른 오른손을 들어서 찰스의 손목을 잡았다.

"전하, 잠시 진저……."

찰스는 그 손을 탁 하고 쳐 내더니, 이번에는 그녀의 목을 겨냥하며 말했다.

"백작도 마찬가지야. 자신의 처지를 모르는 것 같은데 내가 정확하게 말해 주지. 멀쩡한 왕궁 안에서 왕이 납치를 당해?

이건 군부를 관리하는 포트리아 백작이나 흑기사단을 이끄는 슬롯 경이나 다 목을 매달아도 모자란 일이라고? 내 말이 틀렸나?"

"……."

"……."

그는 레이피어로 둘을 번갈아 위협하면서 으르렁거렸다.

"하루를 주지. 그때까지 아버지를 찾아내. 그렇게 못 하면 왕권을 제대로 지키지 못한 너희들에게 책임을 물어 전부 처형하겠다. 알겠어?"

"……."

"……."

"알겠냐고? 대답해!"

그의 말에 포트리아와 슬롯은 입을 겨우 열어 말했다.

"예, 전하."

"예, 전하."

찰스는 콧바람을 흥 하고 불고는 레이피어를 허리에 다시 넣었다. 그러고는 손을 뻗어 아이시리스의 양손을 포박하고 있는 은색 체인을 잡았다.

"그동안 이 죄인은 내가 데리고 있겠다. 알겠나?"

아이시리스의 눈동자가 끊임없이 흔들리기 시작했다. 그녀는 포트리아를 간절한 눈길로 올려다보았다.

포트리아가 말했다.

"전하, 그 죄인은 선왕 전하를 찾는 데 중요한 역할이 있습니다. 저희가 하루 안에 선왕 전하를 찾길 바란다면, 그 죄인을 저희가 활용해야 합니다."

찰스는 손가락을 들어 포트리아의 눈앞에서 그녀를 손가락질했다.

"흥! 개소리하지 말게. 머혼의 딸은 우선 머혼부터 찾아야 쓸모 있는 것 아닌가? 응? 안 그래? 그러니까 빨리 머혼을 찾아내게. 둘 다 처형되기 싫으면."

그는 그렇게 말한 뒤에, 은색 체인을 확 하고 잡아당겼다. 그러자 아이시리스는 그 우악한 힘을 이기지 못하고, 한쪽에 주저앉았다.

포트리아도 슬롯도 그 모습을 보면서 역겨운 표정을 지었지만, 이렇다 할 행동을 취할 순 없었다. 뭐니 뭐니 해도, 찰스는 델라이의 왕세자. 게다가 왕이 없는 비상사태에는 그가 왕이다. 그들은 둘 다 왕께 충성하는 것이 가장 중요하다고 믿는지라 잘못된 것을 알면서도 묵인할 수밖에 없었다.

아이시리스는 이제 눈물을 뿌리기 시작했다. 그리고 뭐라 마구 외치는 듯했지만, 말을 막는 입마개 때문에 울음소리만 나올 뿐이었다. 하지만 표정만으로도 그녀가 느끼는 감정이 어떠한지 잘 알 수 있었다.

찰스는 그렇게 억지로 아이시리스를 끌고 군부 밖으로 나가 버렸다.

문이 닫히는 소리가 들리자, 슬롯이 나지막하게 말했다.

"하, 술 확 깨네."

포트리아는 그런 그에게 나지막하게 말했다.

"다른 생각 마시게. 현재 전하의 적자는 찰스 왕세자밖에 없어. 아이시리스는 불쌍하게 되었지만, 그 또한 머혼의 잘못된 선택으로부터 비롯된 결과. 그가 델라이를 배신했기에 일어난 일일세. 슬롯 경도 그런 잘못된 결정을 내리지 않았으면 하는군."

슬롯은 혀를 한 번 차면서 말했다.

"하필이면 말입니다, 하필이면. 찰스 왕세자가 왕이로군요."

"듣는 귀가 많아. 언행을 조심하게."

"후우, 흐음."

포트리아는 닫힌 문 쪽을 바라보며 말했다.

"그의 방에서 시체가 나왔다거나 하는 건 들은 적이 없으니, 살아는 있을 거야. 살아 있다면 여전히 유효한 인질이고."

슬롯은 기가 막힌다는 듯한 표정을 짓다가 갑자기 뒷머리를 때리는 두통에 머리를 감싸 쥐었다.

"으아. 뭐가 어떻게 돌아가는 건지, 젠장. 뭐, 궁정 일은 알아서 하십시오. 혹시 당장 전투 준비라도 해야 하는 겁니까?"

"어렵나?"

스스로가 혼란스러웠기 때문입니다. 모든 생각이 정리되었으니, 이제 진정으로 신무당파를 세워 나가야 할 차례이지요. 하지만……."

"하지만?"

"마지막에 뭔가 잡힐 듯 말 듯 한 것이 있는 듯했는데… 모르겠습니다. 희미하군요."

사무조는 한곳을 멍하니 응시하는 운정을 깊은 눈길로 바라보았다.

"깨달음이 없이 나아가다 보면 넘을 수 없는 큰 벽을 만나게 되오. 마찬가지로 깨달음만 너무 앞서 나가다 보면 모든 것에 허무함을 느끼고 손을 놓아 버리게 된다오. 본좌가 잘 아는 사람들의 이야기니 신용해도 좋소."

"그들이 누굽니까?"

사무조는 입을 열었지만 그 질문에 대한 답을 주진 않았다.

"깨달음은 딱 내 다음 발걸음을 내디딜 만큼이 최고지. 그러니 마지막에 무언가 놓쳤어도 너무 아쉬워하지는 마시오."

그 말을 들은 운정의 표정이 한결 편해졌다.

그때, 그들이 있던 귀빈실의 문이 벌컥 열리고 익숙한 얼굴이 안으로 들어왔다.

*　　　　*　　　　*

아무렇지도 않게 귀빈실로 들어온 머혼은 운정 앞으로 걸어왔다.

"운정 도사? 아, 다들 함께 있으시군요."

육중한 그 모습을 보며 사무조는 날카로운 목소리로 일렀다.

"你甚至不知道怎麼奇別?"

무슨 뜻인지 알 수 없었지만 표정을 보니 별로 좋은 뜻은 아닌 것은 확실했다.

머혼은 어색한 미소를 짓고 연신 고개를 숙이며 말했다.

"예, 예, 미안하게 되었습니다. 전해 줄 수 있나? 운정 도사."

운정은 담담하게 사무조에게 말했다.

"他說他很抱歉."

사무조는 팔짱을 끼면서 고개를 돌렸다.

"野蠻蛋."

어린아이라도 그것이 욕이란 것은 알 수 있었다. 머혼은 애써 그 사무조에게서 관심을 거둔 뒤에 운정에게 말했다.

"운정 도사, 혹시 지금 급히 날 도와줄 수 있습니까?"

운정이 되물었다.

"어떤 도움이 필요하십니까? 제가 드릴 수 있는 도움이라면 드리고 싶습니다."

약간은 불안한 그 대답 때문에, 머혼은 숨을 한번 내쉬고는 차분히 설명하기 시작했다.

"델라이에 아주 어려운 일이 생겨 지금 당장 전하를 피신시켜야 합니다. 그런데 현 상황이 너무 복잡하여 누구를 믿어야 할지 혹은 믿지 말아야 할지 가늠하기 어렵습니다. 궁정에서 일하는 마법사들의 도움은 일절 받을 수 없는 상황입니다."

"외부인인 저는 더 믿을 수 없을 텐데요?"

"전하께서는 오히려 외부인이기 때문에 더 믿음이 간다고 하십니다. 적어도 운정 도사께서는 파인랜드의 이해관계와는 동떨어져 있지 않겠습니까? 그러니 운정 도사의 도움을 받아 피신하기를 원하십니다."

운정은 고개를 갸웃했다.

"좋습니다만, 제가 어떻게 델라이 왕을 피신시켜 드려야 할지 모르겠습니다. 제가 어떻게 도와드리면 됩니까?"

머혼은 침을 한 번 삼키고는 말했다.

"일반적인 방법으로 왕궁을 빠져나가려 하면 분명 군부의 눈을 피할 수는 없을 겁니다. 제가 중앙 정원을 관리하는 테이머 한슨에게 들은 바로는, 운정 도사께서 엘프들의 도움을 받아 왕궁 내에서도 공간이동을 하셨다고 들었는데, 사실입니까? 엘프들의 일을 해결하기 위해서 말입니다."

"그것은 공간이동은 아닙니다. 엘프의 축복입니다. 여기 시르퀸은 숲 사이를 빠른 속도로 누빌 수 있습니다."

운정이 설명하자 머혼이 빠르게 말했다.

"중앙 정원과 같이 독립적인 숲에서도 다른 숲으로 이동하는 것을 보면 공간이동과도 비슷하게 보입니다. 혹 그 축복으로 전하를 제 저택까지 데려다줄 수 있는지요? 제 저택에서 전하를 모시려고 합니다만."

운정의 눈동자가 서서히 깊어졌다.

그가 나지막하게 물었다.

"정치적인 일입니까?"

머혼은 순순히 고개를 끄덕였다.

"왕궁의 모든 일은 정치적인 부분이 있습니다, 운정 도사."

"아마도 옳고 그름이 불분명한 일이군요."

머혼은 힘없는 미소를 지으며 말했다.

"옳은 것이 없을 겁니다. 정치는 그저 그른 것들끼리의 싸움일 뿐이지요."

"……."

머혼은 부드럽게 말을 이었다.

"운정 도사, 운정 도사가 선을 추구하는 사람임을 압니다. 선 자체가 애매모호하긴 하지만 사람이 전쟁으로 죽어 나가는 일을 막는 것은 선에 속하겠지요, 안 그렇습니까?"

운정은 자신의 깨달음을 머혼에게 설파하고 싶은 생각은 없었다. 그는 조용히 고개를 끄덕였다.

"예."

머혼이 더 말했다.

"제가 하려는 건 전쟁을 막는 길입니다. 그것만은 확실합니다, 운정 도사. 그러니 절 믿어 주실 수 없습니까? 절 믿고, 도와주실 수는 없습니까?"

운정은 그의 눈을 찬찬히 바라보더니 시르퀸에게 고개를 돌렸다.

시르퀸이 말했다.

"그는 진심이에요."

운정이 머혼에게 말했다.

"좋습니다. 중앙 정원으로 가면 됩니까?"

운정이 자리에서 일어나자, 머혼의 얼굴이 환해졌다.

그런데 그때 그들을 지켜보던 사무조가 말했다.

"我想在你走之前完成我们的谈话. 这不会花费太多时间."

운정은 가만히 그를 보다가 다시 자리에 앉으며 머혼에게 말했다.

"저와 나누던 대화를 끝내고 싶다는군요. 머혼 백작께서는 우선 시르퀸과 먼저 중앙 정원으로 가시지요. 축복을 나눠 주는 일에 제가 필요하진 않으니, 시르퀸만 보내면 될 것입니다."

머혼이 사무조를 한 번 흘겨보고는 말했다.

"혹시 델라이 왕국이 위험에 처했다는 것을 그들이 알아 버린 것입니까?"

운정은 사무조에게 시선을 두고는 머혼에게 말했다.

"모르겠습니다. 일단 바쁘신 것 같으니, 시르퀸과 함께 가시지요. 저는 이곳에 남아 이들과 함께하겠습니다. 그러고 보니, 제가 이들을 통제하고 있는 것이 더 좋긴 하겠군요."

그때 가만히 상황을 지켜보던 카이랄이 말했다.

"나도 가지. 그녀를 보호하겠다. 네 제자이니."

"안 그래도 부탁하려 했는데 고마워, 카이랄."

"별거 아니다."

머혼은 고개를 살짝 숙였다.

"알겠습니다. 도움을 주어서 감사합니다, 운정 도사. 앞으로 저도 운정 도사에게 큰 도움을 드릴 것입니다."

그렇게 인사한 머혼이 먼저 나가자, 카이랄과 시르퀸도 그를 따라 방 밖으로 나갔다.

귀빈실 안에는 오로지 중원인들밖에 남지 않았다.

사무조가 한어로 말했다.

"저자는 대라이의 삼두(三頭) 중 하나 아니오? 눈빛과 표정을 보아하니 아주 다급해 보이는군. 절대 큰 전투에서 승리한 사람으로 보이질 않소. 그자가 기별도 없이 귀빈실에 들이닥쳐서 다급한 표정과 애원하는 말투로 운정 도사에게 무슨 말을 했을지 참으로 궁금하오."

"장로께서 크게 신경 쓰실 일은 아닙니다."

"글쎄? 나는 사람들을 자주 봐 왔소. 웬만한 자들은 표정과 눈빛 하나면 그들의 감정과 생각을 읽을 수 있고, 만만치 않은 자라 해도 몇 마디 섞어 보면 다 알 수 있지. 직접 보지도 않고 들은 것만으로 알아맞히는 경지는 아니지만, 얼굴을 마주했을 때는 꽤 자신 있소."

운정은 고요한 눈길로 그를 쳐다보며 주제를 바로잡았다.

"대화를 마치고 싶다고 하셨지요. 무슨 말씀을 하고 싶었습니까? 본론을 이야기하십시오."

사무조는 미약하지만 분명한 마기와 살기가 떠오른 눈빛으로 그를 마주 보며 대답했다.

"전쟁이란 한 번의 전투로 끝나는 것이 아니지. 그들은 우리의 도움으로 첫 전투에서는 승리했지만, 분명 패배를 짐작케 하는 어떤 큰일이 일어난 것이오. 그것도 첫 전투에서 맛본 승리감이 완전히 지워질 정도로 확실한 것 말이오. 그렇지 않고서야 대라이의 삼두이자, 외교를 맡고 있는 그 머혼이라는 자가 저리 불안한 표정을 숨기지 못했을 리 없소."

"……."

"게다가 정황을 보아하니 그는 운정 도사에게 부탁을 한 것이고, 운정 도사는 그 요괴들을 보내어 부탁을 들어 준 것이오. 그리고 저자는 그 두 요괴의 지원만으로도 상당히 만족하면서 귀빈실 밖으로 나갔지. 그래서 이 모든 것을 한번 생각해 보았소. 도대체 운정 도사의 두 요괴가 도와줄 수 있는 부분이 무엇인가 말이오. 뚜렷한 답은 나오지 않았지만, 답이 아닌 것들은 알 수 있었소."

운정은 몸을 편하게 하며 말했다.

"말을 빙 돌려서 오래 말씀하시길 바라는 것 같은데… 뭐, 좋습니다, 한번 말씀해 보시지요."

사무조는 옅은 웃음을 머금으며 말했다.

"방금 그 말로 인해 운정 도사까지 갈 필요는 없는 일이란 것이 밝혀졌소. 오래 걸려도 상관없으니."

"……."

운정의 표정이 굳자, 사무조의 웃음이 조금 진해졌다.

그가 말을 이었다.

"그럼 일단 어떤 전투에서 밀리고 있는 건 아닐 것이오. 지금 어떤 전투가 벌어졌고, 그 전투에서 밀리고 있었다면 우리나 운정 도사가 필요했겠지, 요괴 두 명으로 만족하진 않았을 것이오. 그리고 그다음으로 전쟁의 패배가 예상될 만한 것은… 왕의 신변이 위험한 것이오. 하지만 그도 운정 도사가 더욱 잘 지킬 수 있으니, 요괴만 보냈다고 만족하지 않았겠지."

"그럼 무엇이라 예상하십니까?"

사무조는 웃음이 한순간 밝게 변했다.

"모르겠소. 하하하, 요괴의 능력에 대해서 알았다면 분명 추측할 수 있겠지만, 잘 모르니 알 수 있을 턱이 없지 않소?"

갑자기 쾌활하게 변한 사무조를 보며, 운정의 눈빛이 반쯤 내려앉았다.

"말장난을 하려고 절 가지 못하게 하신 겁니까?"

"그럴 리가 있나? 다만 대라이에 무슨 문제가 생겼다는 것. 그것을 확신하기 위해서 이렇게 붙잡아 둔 것이지."

"예?"

운정의 눈썹이 꿈틀거리자 사무조의 밝은 웃음이 서서히 사라졌다.

그가 말했다.

"내가 심계의 가르침을 좀 드리겠소. 우리의 대화는 대라이에 큰일이 일어났는지 아니면 일어나지 않았는지 판명하는 것으로 시작했소. 하지만 어느새 무슨 큰일이 일어났는지 판명하는 것으로 자연스레 변했지. 마치 대라이에 큰일이 일어났다는 것이 확정된 것처럼 말이오."

"전 인정한 적이 없습니다만."

"하지만 좋아하는 기분이 없었지."

"예?"

"내가 헛다리를 짚었다면, 운정 도사는 필히 기분이 좋았을 것이고, 혹은 나를 무시하는 눈길을 보냈을 것이오. 그런 것이 없었소. 운정 도사는 그저 내가 어디까지 아는지 알아보기 위해서 내 눈을 바라보고 내 마음을 읽으려 했지. 그 뜻은 대라이에 큰일이 일어났음이 일단 확실하다는 것이오."

"……."

"그리고 여기에는 또 다른 확실한 것이 있소. 뭔지 아시오?"

운정은 조용히 대답했다.

"가르침을 더 주시지요."

사무조는 고개를 끄덕이며 말했다.

"바로 운정 도사가 천마신교의 편이기보다는 대라이의 편이라는 사실이지. 안 그렇소?"

"……."

"이건 정말 이상한 것이오, 운정 도사. 운정 도사가 백도의 편이라면 내가 어느 정도 이해는 할 수 있소. 불충한 것이긴 하지만, 운정 도사는 무당과 출신이고 하니 그 생각을 이해 못 하지는 않지. 그런데 이계? 대라이의 편이라? 이건 좀 뭔가 많이 이상하오. 운정 도사에게는 천마신교나 대라이나 낯설기 그지없는 곳이오. 그래도 중원에 속한 천마신교가 그나마 가깝지. 뭐 그런 것에 구애되지 않는다고 해도 운정 도사의 마음이 대라이에 더 가 있는 건 여전히 이상한 일이오."

"그것이 왜 이상한 것입니까? 제가 어디 있을지는 제가 정하는 것입니다."

"물론 그렇지. 다만, 굳이. 나는 그 굳이라는 말을 하고 싶소. 왜 굳이 이계이며 왜 굳이 대라이이오? 왜 굳이 중원을 벗어나려는 것이오?"

"……."

운정은 쉽게 대답할 수 없었다.

생각해 보면 천마신교에 입교한 것은 생명을 부지하기 위해 어쩔 수 없이 한 것이니, 언젠가는 떠나리라 막연히 마음먹은 것이 아닌가 했다. 특히 천마신교에선 탈교가 없다며 강압적인 자세를 취하니 더욱 반발심이 든 것이다.

지금 생각나는 건 딱 그 정도.

운정이 말이 없자, 사무조가 부드럽게 말했다.

"운정 도사, 내가 전에 말한 것처럼 본 교에는 탈교가 없소. 하지만 그렇다고 해서 신무당파를 그 안에 만들지 말라는 법도 없지. 실제로 본 교 내에는 오대세가가 있어, 각각 독립적인 문파처럼 세력을 이루고, 천마신교의 일을 할 때만 함께하오. 그 외에는 서로 견제하고 서로 반목하기도 하지."

"네, 알고 있습니다."

"깨달음을 얻은 운정 도사의 눈빛에 마기가 흐르는 것을 보니, 신무당파는 마공을 기반으로 할 것이라 믿소만."

"마공이 아니라 마선공입니다."

운정의 말에 사무조는 여유로운 목소리로 답했다.

"그렇기 때문에 운정 도사는 오히려 더 본 교에 속한다는 것이오. 무림맹에선 절대 운정 도사를 받아 주지 않을 것이지. 그 이유는 간단하오. 본 교에선 마공에 선공이 섞이든 심지어 불공이 섞이든, 전혀 상관없소. 하지만 무림맹에선 그들의 정공에 마가 섞이는 것을 극도로 꺼려 하오. 그들은 순수함을 숭상하지만 본 교는 전혀 그렇지 않소. 그 예로, 심검마선 또한 마공과 선공의 합일을 이뤄 냈지만 본 교에 속해 있지 않소?"

"천마신교에도 정통마공이라는 것이 있지 않습니까?"

"물론 본 교에서도 정통마공을 좀 더 쳐 주는 문화가 없지는 않소. 그러나 그렇다고 해서 정통마공이 아닌 다른 마공을 박해하지는 않지. 본 교 내에서 위상이 결정되는 것은 오로지 힘, 힘만이오. 정통이니 역사니 하는 건 부수적인 것이오. 당장 강력한 힘이 있다면 그것이 곧 자신의 위치이오."

운정이 그 말을 모두 듣고 말했다.

"백도에선 마와 선의 융합을 인정하지 않지만, 흑도에선 인정한다는 말입니까?"

"아, 정리를 잘하시는군. 맞소, 바로 그 말이오. 그래서 운정 도사는 본 교에 속한다는 것이오. 본 교 내에서 신무당파를 설립하고 제자를 받으시오. 이미 운정 도사는 장로, 아니, 교주까지 노릴 만한 실력을 갖춘 사람이오. 운정 도사가 그렇게 한다고 했을 때 반대할 수 있는 사람은 오로지 교주 무공마제

뿐인데, 교주 본인도 정통마공과는 거리가 굉장히 먼 사람이오. 그러니 그도 운정 도사의 출신이나 본신내력이 정통성과 거리가 멀다고 반대할 수 없을 것이오."

운정은. 그 말을 듣다가 갑자기 떠오르는 생각이 있었다. 자연스럽게 주제를 바꿨던 사무조의 언변과 그에 대한 가르침이 기억난 것이다.

운정이 말했다.

"백도에 속하지 않으면 마치 흑도에 속해야 하는 것처럼 말씀하시는군요. 다시 말씀드리지만, 이계에 신무당파를 설립할 수도 있습니다."

사무조는 인자한 표정을 지었다.

"바로 배우시고, 또 적용하시니 오성이 참으로 남다르시오."

운정은 자신의 입장을 분명히 했다.

"천마신교는 강자지존이니, 제가 있을 곳은 제가 정하겠습니다. 누가 강자인지는 이미 증명한 듯합니다만."

사무조는 그 말을 듣고는 양손을 펼쳐 보였다.

"물론 그렇소, 운정 도사. 다만 왜 굳이 이계에서 신무당파를 설립해야만 하는 것이오? 그 이유를 말씀하지 않고 계시오. 본 교 내에서는 하지 말라는 법이 있소? 그럼에도 불구하고 탈교를 원한다면, 난 그 이유를 정말로 알고 싶소. 천마신교 내에 있는 것이 왜 싫은가? 누군가 위에서 이래라저래라

하는 게 싫은가? 천마신교 내에서 나온다면 그 위라는 것은 사라지는 건가? 이러한 질문들을 스스로에게 해 보길 바라겠소. 과연 무림맹은 간섭하지 않을까? 황궁은? 또 그들 모두가 없는 이 이계, 여기서 그 신무당파를 설립한다 하여 과연 또 자유로울 수 있을까? 여기선 과연 천마신교만큼이나 운정 도사의 행보에 상관하는 자가 없을까? 이런 질문들 또한 하시오. 운정 도사, 운정 도사는 현명한 사람이니 현명하게 판단하리라 믿소."

운정은 천천히 자신의 생각을 설명했다.

"이계에 마음이 더 있는 것을 부정하지는 않겠습니다. 하지만 방금 말씀하신 그런 질문들처럼 개인적인 감정 때문은 아닙니다. 신무당파가 어디에 설립되는 것이, 혹은 어디에 속하는 것이 가장 번성하겠는가 하는 사심 없는 판단으로 신무당파의 거처를 정할 것입니다. 만약 천마신교에 속하는 것이 그렇지 않는 것보다 이롭다면, 그렇게 할 것이고, 만약 중원에 설립되는 것이 이계에 설립되는 것보다 이롭다면, 그 또한 그렇게 할 것입니다."

사무조는 펼쳤던 양손으로 자신의 허벅지를 때리며 말했다.

"본인 스스로 사사로운 감정에 의해서 결정되는 것이 아니라 대의를 위해서 결정한다고 말했으니, 나는 그 말을 믿고 이제부터 그 기준들에 의거해서 운정 도사를 설득하겠소."

"좋습니다. 왜 제가 신무당파를 이계보다 중원에 설립하는 것이 좋은지 제게 말씀해 보시지요."

운정이 정자세를 취하고 눈빛을 빛내자 사무조가 말했다.

"물론 그렇소. 중원에는 우선 대자연의 기운이 충만하……."

그가 말을 멈추자 운정이 되물었다.

"왜 그러십니까?"

사무조는 가만히 손을 모으고는 생각에 잠겼다. 그러다가 곧 눈을 감더니 나지막하게 말했다.

"흐음. 다시 생각해 보니, 나 또한 내 생각에 실수가 있었소. 나는 운정 도사가 이계에 신무당파를 설립하는 것에 반대하는 것이 아니오. 운정 도사가 신무당파를 이계에 설립하든 중원에 설립하든 크게 상관은 없지, 사실. 내가 지금 운정 도사를 설득해야 하는 것은 천마신교 안에 있는 것이 천마신교 밖에 있는 것보다는 낫다는 것뿐이오. 장소와는 하등 상관없소."

운정은 고개를 끄덕였다.

"맞습니다. 사무조 장로님께서는 전에 한번 제게 천마신교 이계지부를 설립하는 것도 꼭 나쁘지 않다고 농을 하신 적이 있으시지요. 그것으로 미루어 짐작할 때, 사무조 장로님께서는 제가 어디서 신무당파를 설립하든 천마신교에 속하기만 하면 상관없다는 생각을 가지셨습니다."

사무조는 어이없다는 듯 코웃음을 한번 쳤다.

"그걸 이미 알고 있었다는 건, 내게 배운 심계를 그대로 써 본 것이군. 마치 장소에 의미가 있는 것처럼 논제를 바꿔서 내가 내 스스로 무덤을 파기를 기대하고 말이오."

"……"

운정이 인정도 부정도 하지 않자, 사무조는 날카롭게 눈을 빛내더니 고개를 들어 그를 내려다보듯 했다.

"하지만 그 자체가 이상하오. 운정 도사는 분명 사사로운 개인감정으로 일을 결정하지 않겠다고 했소. 그런데 논리적 함정을 판 것을 보면 내가 틀리기를 바라는 것 같소. 그리고 그 뜻은 이미 마음속에 천마신교를 탈교하겠다는 생각이 있다는 것이고. 만약 운정 도사에게 그런 생각이 있다면, 나는 내 주장을 펼치기 전, 운정 도사가 미리 정한 그 마음에 대한 객관적인 이유들을 먼저 듣고 그것을 부정하는 것으로 설득을 시작하고자 하오. 왜냐하면, 이미 마음을 정한 사람은 그 믿음이 흔들리기 전까지는 다른 이야기를 잘 들으려 하지 않기 때문이오."

운정은 단호하게 말했다.

"사무조 장로님, 제게는 그러한 것까지 모두 설명해야 하는 의무나 책임이 없습니다. 제가 이미 믿는 것이 있어, 장로께서 공정하지 못한 상태로 설득해야 한다고 해서 제가 제 마음을 드러내야 하는 건 아닙니다. 애초에 설득이라는 것은 사무조 장로님 본인의 이익을 위해서 하는 행동 아닙니까? 신무당파가 천마신교에 속할 때에 천마신교의 힘이 강성해지길 바라는 마음에서 하는 것 아닙니까? 그러니 아쉬운 사람이 누구인지는 더 말할 것이 없다고 보입니다."

"그럼 운정 도사의 마음을 내가 맞히면 그만이지."

"얼마든지."

사무조는 소매를 한 번 털고는 말했다.

"내가 보기에 운정 도사가 중원보다 이계에 더 마음이 있는 이유는, 이미 천마신교를 떠나고자 하는 마음이 은연중에 먼저 있기 때문이오. 다시 말하면 탈교할 경우, 천마신교의 영향력이 가장 적은 곳에 있기를 속으로 바라기 때문이지. 하지만 이계에 있는 것보다는 중원에 있는 것이 신무당파를 위해서 가장 합리적인 선택일 것이오. 모든 것을 떠나서, 중원은 대자연의 기운이 풍부하고 이계는 대자연의 기운이 거의 없소."

"회복하는 데 직접 사용해 보셔서 알겠지만, 이계에는 마나스톤이 있습니다. 그것이 있으니, 그 이유는 바른 이유가 되지 않습니다."

사무조가 빠르게 대답했다.

"바른 이유가 맞소. 왜냐하면 첫째, 중원의 대자연의 기운은 값이 없지만, 이곳의 마나스톤은 값어치가 높소. 그리고 둘째, 내공심법은 본래 대자연의 기운을 호흡하는 데서 만들어진 것이오. 나나 운정 도사처럼 일정 수준 이상이면 마나스톤에서 기운을 얻을 수 있지만, 막 처음 배우는 제자들은 그렇게 할 수 없으니, 내공심법을 수정해야 하는데 그 과정이 어떻게 신무당파에 이득이 된다는 것이오?"

그 부분은 그도 스스로 인정한 부분이라 반박하지 않았다. 대신 다른 것을 이야기했다.

"하지만 신무당파의 내공심법에는 무당산의 정기를 대신하기 위해서 마법적인 요소가 추가될 것입니다. 그러니 어차피 손봐야 합니다. 또한 그런 마법적인 요소를 연구하고 개발하기 위해선, 이곳 이계가 더 좋습니다."

"아니오, 운정 도사. 내 마법에 대해선 잘 모르지만, 천마신교에 잠시 왔던 이계의 마법사는 분명 중원이 마법사들의 천국이라고 했소. 대자연의 기운이 풍부했기에 말이오. 그러니 마법적인 도움이 필요하다고 해도, 굳이 이계에 있을 필요는 없소. 오히려 지식만 가져가서 중원에서 연구하는 것이 더욱 도움이 될 것이오."

운정은 즉시 반박했다.

"신무당파의 내공심법에는 엘리멘탈이란 것이 있습니다. 그것은 오로지 이계에서만 구할 수 있습니다. 그러니 이계에 있는 것이 더 좋습니다."

사무조는 그 말에 더 반박하지 않았다. 오히려 부드러운 목소리로 대꾸했다.

"보시오. 지금 운정 도사는 내 말에 반박하기 위해서 필요 이상으로 애를 쓰고 있소."

운정은 굳은 표정을 지었다.

"아닙니다. 그저 진위 여부를 가리기 위함입니다."

"단순히 내 의견의 진위 여부를 가리기 위해서 신무당파의 새로운 내공심법의 핵심 내용인 그 애리매탈이라는 것까지 언급할 필요가 있었소? 내가 운정 도사였다면, 속으로 그런 것이 있다고 생각만 하고 그저 넘어갔을 것이오. 운정 도사가 그런 말까지 꺼내 가며 내 말에 반박하려는 것은 논리적인 이유로 인해 이계에 있으려는 것이 아니라 개인적인 감정으로 이미 마음을 정했기 때문이오."

"단순히 제가 반박하려 했다는 것에서부터 그렇게 단정 지어 보실 순 없습니다."

"물론 그럴 순 없지. 하지만 운정 도사는 스스로를 속이기엔 너무 현명한 사람이오. 이미 내 말이 맞다는 것을 스스로도 알고 있지. 그저 인정하지 않는 것뿐 아니오?"

"……."

"또한 논리적으로 돌아가서, 애리매탈이 아무리 귀한 것이라고 해도 중원에 풍부한 대자연의 기운과는 맞바꿀 수 있는 수준은 아니라고 난 확실히 말할 수 있소. 새로운 문파를 설립하는 데 아무리 중요한 것이 있다 한들, 대자연의 기운 그 자체보다 더 중요한 것이 있다는 게 솔직히 말이 되오?"

"……."

"운정 도사는 이미 천마신교를 탈교하고자 하는 마음이 있어, 이계에 신무당파를 설립하려는 것이오. 하지만 운정 도사가 말씀하신 것처럼 오로지 신무당파만을 생각한다면, 운정 도사는 마땅히 대자연의 기운이 풍부한 중원에 신무당파를 설립해야 하오."

운정은 마른침을 한 번 삼켰다. 그러나 그는 지지 않고 말했다.

"그 말이 맞다는 가정을 해도, 그것이 꼭 신무당파가 천마신교 아래 있는 것이 밖에 있는 것보다 낫다는 뜻은 아닙니다. 중원에 있어도 천마신교 밖에 있을 수 있습니다."

"물론 그렇지. 하지만 그 또한 개인감정을 저버리고 신무당파만을 생각한다면 천마신교 아래 있는 것이 좋소. 천마신교의 절대율법은 강자지존. 내가 바로 전에 말했듯 운정 도사의 무공 수위과 무공마제의 상황 때문에 운정 도사가 신무당파를 설립하는 데 뭐라 할 수 있는 교인은 아무도 없소."

"그건 모르는 일입니다. 또한 새로운 교주가 나타나면 또 다른 이야기가 되지요."

"그런 변수들을 생각하기 시작한다면, 천마신교에서 탈교했을 때의 변수들도 생각해서 판단하기 시작해야 하오. 탈교를 한다면? 과연 신무당파는 제대로 서 있을 수 있겠소? 천마신교도 무림맹도, 둘 다 신무당파를 인정하지 않을 것이오. 백도나 흑도에서 모두 인정받지 못하는 길을 걸어갈 것이오? 심검마선을 보시오. 그는 백도나 흑도 모두에게서 인정받고 있소. 그와 같은 마선공을 익힌다면, 그의 경우를 생각하여 천마신교에 남는 것이 옳은 결정 아니겠소?"

"……."

"마음이 많이 누그러졌으니, 내친김에 내 속에 있는 말을 하리다, 운정 도사. 운정 도사가 천마신교에 남고자 하는 마음이 사라진 것은 정확하게 언제였소? 앞으로 할 말은 미리 사과부터 하겠소. 혹 정채린 소저와의 관계가 어긋났을 때부터는 아니오?"

운정의 표정이 급격히 어두워지자, 사무조도 더 압박하지 않고 가만히 그를 두었다.

한참의 시간이 흐른 뒤에, 운정이 조용히 입을 열었다.

"무슨 말씀인지 알겠습니다. 일단은… 일단은 제 나름대로 더 생각해 보겠습니다. 조언 감사합니다."

포권을 취하며 고개를 숙이는 운정을 보며 사무조의 두 눈에서 빛이 났다.

그는 몸을 앞으로 하며 말했다.

"혹 무공 교환을 할 생각은 없으시오? 그게 불편하다면 제자를 받는다 생각하시면 되고."

뜻밖의 말에 운정이 되물었다.

"예?"

사무조는 손을 벌려 뒤에 있던 호법원 사내들을 가리켰다.

"이 중에서 적지 않은 인원이 운정 도사에게 가르침을 받고
싶어 하오, 운정 도사. 아니면, 신무당파에서는 제자를 받는
엄격한 기준이 있는 것이오?"

운정은 예상치 못한 그 말에 눈을 들어 호법원들을 보았다.

호법원들은 다양한 눈빛으로 그를 보았지만, 그들 중에는
혹시나 하는 기대감이 담긴 눈빛도 분명히 있었다.

운정은 갑작스러운 그 제안에 놀랐지만, 이내 삼합사령마신
공을 운행하여 평정심을 되찾았다.

"공식적으로 설립한 뒤에 뜻을 알리겠습니다."

"그거, 아쉽군."

"잠시 생각을 정리하고 싶습니다만."

"얼마든지 그렇게 하시오."

운정은 포권을 취해 보인 뒤에, 눈을 감고 가부좌를 틀었
다. 사무조는 그 모습을 찬찬히 바라보며 그 또한 깊은 생각
에 빠지기 시작했다.

*   *   *

"그런 일이 있었습니까?"

"네, 그러니 더 이상 엘프가 델라이를 공격하는 일은 없을 겁니다."

시르퀸에게 사정을 모두 들은 머혼은 뒷머리를 타고 올라오는 혈관 하나가 뻥 뚫리는 시원함을 맛봤다. 하지만 그의 두통은 네 군데에서 동시다발적으로 발생하고 있었으므로, 그 중 하나가 사라졌다고 해서 완전히 개운해지지는 않았다.

그는 한시름 놓으며 말했다.

"다행입니다. 엘프 쪽은 그냥 아예 손을 놓고 있었는데, 운정 도사가 그의 말대로 잘 처리했나 보군요. 그럼 제국과의 연결점은 없는 것이겠습니다."

시르퀸은 고개를 끄덕였다.

"예, 인간과는 무관한 일입니다."

그때 멀리서 머혼의 호위인 로튼이 천천히 걸어왔다. 그는 한결 여유로운 걸음으로 한 손에 든 과일을 베어 먹고 있었는데, 머혼을 보고는 고개를 살짝 숙이는 걸로 인사를 끝냈다.

그 여유가 왠지 모르게 속을 건들자, 머혼은 눈을 게슴츠레 뜨고 그에게 다가갔다.

"야, 로튼."

로튼은 눈살을 찌푸리며 말했다.

"경(Sir)도 안 붙이고. 저 나름 작위 있습니다. 그래도 왕궁 안이지 않습니까?"

머혼은 비웃으며 말했다.

"그래? 그때 받은 성을 기억이라도 하나?"

"그야, 뭐… 프란츠였나?"

"프란체지."

"아, 맞다. 네, 프란체 남작이지요. 여긴 왕궁이니 적어도 프란체 남작이라고 불러 주셔야 하지 않습니까?"

"기사면서 무슨."

"엄밀히 말하면 전 기사 아닙니다. 제가 델라이 왕께 공식적으로 받은 작위는 기사가 아니라 남작이지요. 칭호가 똑같아서 다들 오해하는 겁니다."

머혼은 한 번 시비를 걸었다가 역으로 당하자 혀를 내두르면서 귀찮다는 듯 말했다.

"참 나, 됐어. 아무튼 갔던 일은 다 됐어?"

로튼은 왼손을 가슴 속에 넣었다. 그리고 품속에서 양피지를 꺼냈다.

"여기 있습니다."

머혼은 그 양피지를 잽싸게 빼앗아 들고는 읽어 내려가기 시작했다. 그 와중에 로튼은 머혼 뒤에 서 있는 두 엘프들을 물끄러미 보았는데, 시르퀸은 방긋 웃는 얼굴로, 카이랄은 무표정한 얼굴로 그를 마주 보았다.

로튼이 물었다.

"뒤에 엘프들은 뭡니까?"

"응? 아, 맞아. 일단 너도 따라와라. 한시가 급하니까 걸으면서 읽지."

머혼은 양피지에서 눈을 떼지 않은 채로 빠르게 걸음을 옮기기 시작했다. 로튼은 그의 옆에서 걸으면서 그를 곁눈질로 한참을 보다가 툭하니 말했다.

"그 몸으로 이리 빨리 걷는 게 정말 신기할 따름입니다."

"……"

평소라면 뭐라고 소리라도 질러야 했지만, 머혼은 아무런 말도 하지 않았다. 로튼이 머혼을 슬쩍 보자, 머혼의 두 눈이 그의 걸음보다 더욱 빠르게 움직이며 글자들을 읽어 내려가고 있었고, 그의 입술은 끊임없이 그 글자들을 읊조리고 있었다. 마치 대단한 마법사가 끝없이 긴 주문을 읊고 있는 듯했다.

"백작님이 이리 집중하는 것도 오랜만이군요."

역시나 말이 없었다. 로튼은 한참을 따라 걸으면서 머혼이 혹시나 행선지를 잊고 정처 없이 걷는 것이 아닌가 걱정이 들었다. 하지만 머혼이 복도의 어느 한 지점에서 창가로 왼손을 뻗어 거기 있는 투명한 문을 보지도 않고 열었을 때, 로튼은 당황하며 걸음을 멈출 수밖에 없었다.

"들어와라."

머혼은 그렇게 말하며 중앙 정원 안으로 먼저 들어갔다. 로튼은 과거 이 유리문을 몇 번이고 보았지만, 항상 들어갈 때마다 새로운 느낌이 들었다. 마치 투명한 벽을 뚫고 다른 세계로 들어가는 듯했다.

저벅 저벅.

대리석에서 흙으로 바닥이 달라지니, 뚜벅뚜벅에서 저벅저벅으로 소리도 달라졌다. 그렇게 또 한참을 걸어가던 로튼은 저 멀리 한구석에 앉아 있는 델라이 왕과 조련사인 한슨을 볼 수 있었다.

델라이의 국왕, 델라이는 굵은 나무뿌리에 걸터앉은 채로 세상이 멸망할 것 같은 표정을 짓고 있었는데, 그는 양손으로 머리를 감싸 쥔 채, 왕관을 수시로 만지작거리고 있었다. 하녀가 가져다준 이후로 지금까지 단 한시도 손에서 놓지 않았다.

한슨은 감히 말을 걸 수도 없는지 고개를 조아린 채로 가만히 서 있었다.

"전하."

델라이의 고개를 홱 들었다. 죽은 생선의 눈 같았던 그의 두 눈에서 생기가 감돌았다.

"왔군! 왜 이렇게 늦었는가!"

"제가 말씀드렸지 않습니까? 델라이의 군부는 더 이상 믿을

수 없습니다. 때문에 그들에게 보이지 않고 움직이기 위해서
조금 돌아왔습니다."

"그런가? 후, 그래. 다행이네. 발각되는 것보다는, 늦더라도
안전하게 오는 것이 좋겠지."

"네, 그렇습니다. 누가 배신자인지 모르는 만큼, 그 누구도
믿어서는 안 됩니다, 전하. 일단 밖으로 몰래 나갈 수 있는 길
을 살펴보았는데, 아무래도 그건 무리일 듯싶습니다."

그 말을 듣자 델라이의 얼굴이 더욱 내려앉았다.

"빠, 빠져나갈 길이 도저히 없는 것인가?"

머혼은 그의 앞에 반 무릎을 꿇고 앉아서 말했다.

"도저히 찾을 수 없었습니다, 전하. 군부와 마법부의 눈을
모두 속이고 왕궁 밖으로 모실 수 없을 듯합니다. 하지만 한
가지 비책이 있습니다."

머혼이 손바닥으로 엘프들을 가리키자, 델라이의 눈에 희망
이 떠올랐다.

"어떤 비책인가?"

"이들의 축복 중에는 숲 안을 누빌 수 있는 것이 있습니다.
그들의 도움을 받으면 마치 공간이동을 하듯, 제 저택으로 모
실 수 있습니다."

"고, 공간이동? 왕궁 안에서는 공간이동이 불가능할 텐데?"

"엘프들이 받는 축복은 마법이 아니라 가능한 듯합니다."

"그, 그래?"

델라이는 초조한 눈길로 엘프들을 보다가 곧 휙 고개를 돌려 머혼을 보았다.

"머혼 백작, 우선 내 왕비와 와, 왕세자를. 그들을 이곳……."

머혼은 단호하게 고개를 저었다.

"전하, 우선은 전하의 옥체를 보전하셔야 합니다. 전하께서는 델라이의 왕이십니다. 우선 전하께서 안전하게 제 저택으로 가신다면, 제가 왕비님과 왕세자님을 꼭 모시고 오겠습니다."

"……."

"전하, 혹 눈앞이 흐리고 걷기 어려우십니까?"

델라이는 깊게 숨을 몰아쉬고는 말했다.

"그, 그렇네. 도저히… 지금은 아무런 생각도 할 수가 없네."

"아무래도 큰 충격을 받으신 것 같군요."

"미티어 스트라이크이지 않는가, 미티어 스트라이크! 이미 시전된 이상 절대로 되돌릴 수 없는 마법이지. 머혼 백작이 아무리 외교를 잘한다고 해도 그 마법을 막을 수는 없어. 그러니 델로스는… 델라이는 끝장이지."

머혼은 몸을 낮추고 델라이와 눈을 마주쳤다.

"전하, 델로스가 비록 수도이긴 하지만 델라이의 전부는 아닙니다. 수많은 인재들은 아직 버젓이 살아 있습니다. 그러니 건물쯤이야 다시 지으면 그만입니다. 하지만 전하, 전하의 목숨은 한낱 도시에 비할 바가 아닙니다. 전하께서 행여나 변고를 당하시면, 그때야말로 델라이가 정말 끝장나는 것입니다."

"……."

"전하, 우선은 전하의 옥체를 보전하셔야 합니다. 왕비님과 왕세자님을 위해서라도 그렇게 하셔야 합니다. 전하께서 살아 계시지 않으면 이 아름다운 왕궁은 즉시 피바람내 나는 권력 투쟁의 전쟁터가 될 것입니다. 모든 것을 재로 만들 유성이 떨어지는 가운데, 백성들을 지도해야 할 인물들이 권력을 잡기 위해서 서로를 향해 이를 드러내면, 그때야말로 정말로 델라이는 멸망의 길을 걷게 될 겁니다. 전하, 지금 가장 먼저 생각하셔야 하는 건 바로 전하 자신입니다. 머리가 바로 서야 합니다."

머혼의 말을 듣자 델라이는 고개를 연신 끄덕였다.

"후우, 후우. 그렇지. 머혼 백작의 말이 맞네."

"자, 우선은 제 저택으로 모시겠습니다, 힘드시더라도 잠시 일어나 주십시오."

"왕궁 외부로 말인가……."

"제 저택입니다. 크게 걱정하지 않으셔도 됩니다."

"후우… 그래. 왕관도 있으니, 괜찮겠지."

델라이는 왕관을 제대로 고쳐 쓰고 얼굴을 한 번 쓸어 내렸다. 그리고 머혼의 부축을 받아 자리에서 일어났다. 로튼은 얼른 그의 다른 쪽으로 가서 그가 똑바로 설 수 있도록 도와주었다.

머혼이 시르퀸에게 말했다.

"제 저택을 기억하실 겁니다. 혹시 그쪽으로 델라이 전하를 데려다주실 수 있습니까?"

시르퀸이 고개를 끄덕였다.

"상당히 가까운 거리니 사람이 많아도 한 번에 움직일 수 있을 겁니다. 서로 손을 잡으세요. 그리고 절대로 손을 놓으시면 안 됩니다."

그렇게 시르퀸이 손을 내밀자, 그 손을 따라서 머혼과 델라이, 그리고 로튼까지 붙잡았다.

그런데 한슨은 그 광경을 지켜보면서도 가만히 자기 자리를 고수했다. 머혼이 그에게 말했다.

"한슨, 자네는 항상 나의 눈과 귀가 되어 주었지. 항상 고맙게 생각했고. 이건 빈말이 아니야. 그러니 나와 함께 같이 가게. 여기 있다가는 목숨을 부지하지 못할 것이네."

한슨은 우물쭈물하다가 말했다.

"죄, 죄송합니다. 전 이 아이들을 버릴 수 없습니다."

"아까 말을 듣지 못했는가? 델로스에 유성이 떨어지면 이곳은 흔적도 없이 사라질 것이야."

"그 전에 최대한 이들의 새로운 보금자리를 찾아 주고 싶습니다."

"이곳은 특수한 장치로 생태계가 유지되는 곳 아닌가? 이곳을 벗어나서는 동물들이 오래 살 수 없다며? 그 아이들은 이미 죽은 목숨인데 왜 남아 있겠다는 것인가?"

한슨은 고개를 저었다.

"죄, 죄송합니다. 저, 전 남겠습니다."

그 말을 듣자 델라이가 조금 짜증 난 목소리로 말했다.

"머혼 백작, 그가 남겠다고 한 것이니 우리는 이만 가세. 이대로 시간을 지체하다간 첩자 때문에 내가 위험해질 수 있어."

델라이가 그렇게 말하자 머혼은 체념할 수밖에 없었다.

"네, 전하. 그럼 한슨, 꼭 살아남게나."

한슨이 공손히 대답했다.

"이 일은 누구에게도 절대로 말하지 않겠습니다. 그러니 염려하지 마십시오."

"아니야. 아예 못 봤다고는 하지 말게. 흠, 그냥 나와 전하가 긴밀히 할 말이 있다고 해서 자리를 피해 드렸다고 하는 게 좋겠군. 군부에서 물어 오거든 그 정도로 말하게. 그러면 별다른 의심은 안 할 걸세."

한슨은 더욱 공손히 고개를 조아렸다.

"네, 백작님."

머혼이 시르퀸을 향해서 고개를 끄덕이자. 시르퀸은 축복을 일으키며 한 발자국 내디뎠다. 이후, 모두 그녀를 따라 한

걸음씩 내디뎠는데, 그 순간 그들은 선으로 된 세상에 들어가 게 되었다.

"이, 이게 무슨?"

델라이를 비롯해서 모두들 어리둥절해하는데, 시르퀸이 조 금 날카로운 목소리로 말했다.

"절대로 손을 놓으시면 안 돼요. 그리고 걸음을 멈추지도 마세요."

그 말을 듣자, 다들 정신을 차리고 시르퀸의 걸음에 맞춰서 걷기 시작했다.

그렇게 스무 걸음 정도를 걸었을까?

시르퀸은 자리에 서서 손을 놓았다. 그러자 모든 이들은 선 으로만 이뤄진 그 세상에서 갑자기 빠져나와 한적한 숲 위에 안착했다.

그곳은 머혼의 저택에서 얼마 떨어지지 않은 숲이었다.

다들 믿을 수 없다는 표정으로 사방을 둘러보는데, 그 와 중에 어둠 속에서 하나둘씩 보이는 붉은빛들이 있었다.

수백 개의 붉은 눈동자들.

로튼은 즉시 허리에 있던 아밍소드를 꺼내서, 델라이와 머 혼의 중간에 섰다. 그리고 카이랄과 시르퀸도 그들 옆에 서서 주변을 둘러보았다.

머혼은 불안한 눈길로 그 눈동자들을 둘러보며 말했다.

"오크(Orc)인가?"

로튼이 고개를 끄덕였다.

"오늘 달을 확인하지 못했는데, 일단 오크는 확실히 있는 듯합니다."

그 말이 끝나기 무섭게, 지금까지 단 한 번도 입을 연 적이 없던 카이랄이 말했다.

"오크, 고블린, 트롤, 코볼트, 가고일의 달이 떴다. 전사가 해가 진 뒤 가장 먼저 해야 할 일을 잊다니, 태연하시군."

"트롤? 트롤의 달이 떴다고?"

"그렇다."

심각한 표정을 지은 로튼이 아밍소드를 빙글빙글 돌리며 자세를 잡더니 말했다.

"이렇게 나갈 일이 있을 줄 몰랐지. 다크 엘프, 내가 이쪽 반절을 맡고, 네가 그쪽 반절을 맡아. 그리고 엘프가 중앙에서 원거리 지원을 해 주면 될 것 같고. 어때?"

카이랄은 양손에서 단검을 꺼내 들더니 물었다.

"일단 우리가 가야 하는 방향은 어느 쪽이지? 그쪽으로 걸으면서 방어적으로 싸우자."

시르퀸은 긴 나무에 엮인 머리카락을 앞으로 가져왔다. 그리고 그 나무에 다시 머리카락을 거니, 그것은 순식간에 활 모양이 되었다.

"제가 안내하죠."

그녀는 그렇게 말한 뒤, 활시위에 손을 올리곤 한쪽 방향으로 활을 쏘며 말했다.

[패스 에로우(Path Arrow).]

마법이 시전되자, 그녀의 활에 푸른 기운이 감돌더니, 소리 없이 한쪽으로 쏘아졌다. 그 마법의 화살은 은은한 푸른빛을 남기면서 어둠 속으로 사라졌는데, 공중에 흩뿌려진 푸른빛은 그대로 머물며 사라지지 않았다.

머혼은 델라이를 양손으로 붙들고는 말했다.

"전하, 조금만 가면 될 겁니다. 이들이 저흴 보호하니, 너무 큰 걱정 마십시오."

델라이는 식은땀을 흘리며 말했다.

"당장 토하고 싶군, 젠장. 어서 걷지."

머혼은 그 은은한 푸른빛을 보곤 델라이를 부축하며 천천히 발걸음을 내디뎠다. 그에 맞춰서 시르퀸과 카이랄 그리고 로튼도 따라 걸었다.

그리고 그것은 붉은 눈동자들도 마찬가지였다.

"……."

"……."

"……."

작은 숨소리조차 귓가에 머물 정도로 주변이 조용해졌다.

숲은 밤이라 할지라도 조용할 날이 없는데, 이토록 생물들이 소리를 내지 않는 것은 그 안에 은은하게 퍼지고 있는 살기 때문이었다. 당장에라도 폭발할 듯한 그 분위기는 전투에 익숙하지 않은 머혼과 델라이도 충분히 느낄 수 있었다.

얼마나 지났을까?

머혼과 델라이가 안도감을 가질 때쯤, 한쪽에서 큰 소리가 들려왔다.

"크와왕!"

트롤(Troll).

전체적인 생김새는 인간과 비슷하지만, 코가 얼굴의 반을 차지할 만큼 크고 눈은 얇은 초승달 모양으로 코를 둘러 축 쳐져 있어서, 그 눈동자를 볼 수 없을 정도다. 신장은 대부분 성인 여성만 하며, 힘은 남성의 두 배 이상이라, 나무를 뿌리째 뽑아 휘두르거나 큰 바위를 들어 던지기도 한다.

그것만으로도 상당히 까다로운 몬스터이지만, 그들의 진가는 그들 고유의 마법에 있다. 큰 틀에서 환상마법에 속하는 이 마법의 이름은 체인즐링(Changeling). 트롤의 아이를 다른 종족의 아이와 바꾸는 것인데, 그렇게 다른 종족 속에서 장성한 트롤은 그 무리 안에 자연스럽게 섞인다.

만약 그 무리의 몬스터들이 지능이 낮으면 그 트롤을 구분하지 못하고 자신들과 같은 부류로 받아들이는데, 그 경우 트롤은 쉽게 그 무리의 왕이 되곤 한다. 대표적으로 오크와 고블린 그리고 코볼트가 있다.

트롤의 지능에는 한계가 없어, 오래 살면 살수록 늘어나 어느 기점부터는 인간을 넘어선다. 여러 경험을 학습한 트롤은 통솔하는 무리들에게 전략과 전술을 가르치기까지 하는데, 그때부턴 일방적인 방법으론 그들을 상대하기 어렵다.

바위 위에 서서 고함을 내지른 트롤을 보곤, 로튼과 카이랄, 그리고 시르퀸의 눈빛이 대번에 달라졌다.

로튼이 나지막하게 중얼거렸다.

"오크들이야 상관없지만, 트롤이 있다면 이야기가 달라지지. 역시 트롤의 달이 떴을 땐 도시 밖에 나가는 게 아니야."

어떤 의미에선 오우거보다 더욱 까다롭다. 트롤 한 명이면 수십, 수백, 수천의 몬스터의 무력이 배로 증가하며 트롤의 지능에 따라 그 배수 자체도 늘어난다.

시르퀸이 말했다.

"다행히 지능이 높은 것 같진 않아요. 자신의 모습을 대놓고 드러내는 것을 보니, 과시하고 싶은 것이지요."

"흐음. 한 10살에서 12살 정도로 보는 게 타당하겠군. 머혼 백작님."

"응?"

"힘드시겠지만, 허리를 펴십시오. 전하께서도 그렇게 하셔야 합니다. 우리가 보호하고 있다는 인식을 주면 가장 먼저 공격하려 할 겁니다. 억지로라도 눈에 힘을 주고 그를 째려봐 주십시오."

"아, 알겠네."

머혼은 허리를 펴고 그의 말대로 했고, 델라이도 왕관에 손을 가져가며, 트롤을 노려보았다.

그러자 트롤이 다시금 고함을 질렀다.

"크와왕!"

큰 소리는 아니었지만, 고요하기 짝이 없는 숲속에선 상대적으로 크게 들렸다. 머혼과 델라이는 그 소리에 놀랐지만, 최대한 속내를 숨기면서 트롤을 바라보는 건 멈추지 않았다.

트롤은 잠시 고민하는 듯하더니, 곧 한 손을 들었다. 그 손에는 사람의 허벅지만 한 나무가 잡혀 있었다.

쿵―!

트롤이 바닥을 내려치자, 붉은 눈동자 중 일부가 일순간 다가오기 시작했다. 카이랄은 손을 뻗어 그 붉은 두 눈동자 중간으로 단검을 뿌렸고, 시르퀸도 활을 움직여 바람의 화살을 쏘아 보냈다.

"쿠엑!"

"키익!"

짐승의 단말마가 계속해서 이어지자, 붉은 눈동자들이 다가

오는 속도가 현저히 느려졌다. 방금 전까지만 해도 다 잡아먹을 것 같은 기세로 달려왔지만, 지금은 서로 눈치를 보며 당장에라도 물러날 태세였다.

"크와왕!"

트롤이 또다시 고함을 치며 나무를 땅에 내려쳤다.

쿵—!

그러자 붉은 눈동자들의 눈빛에서 한순간 공포가 스쳐 지나가더니, 그들이 다시금 힘껏 달리기 시작했다.

"키애액!"

"키아악!"

비명을 지르는 것인지 아니면 고함을 치는 것인지 모를 소리를 내뱉으며, 오크들이 일행을 향해 뛰어들었다. 그들은 모두 나무 방망이를 들고 있었는데, 갑옷을 뚫을 정도로 단단해 보이진 않았다.

로튼이 머혼과 델라이 사이를 지나 앞으로 나서며 말했다.

"포지션을 바꾸자. 한쪽에서만 오고 무기도 고작 나무일 뿐이니 갑옷을 입은 내가 앞에 서지. 뒤에서 지원 부탁해."

로튼은 카이랄까지 지나쳐 최전선에 섰다. 그러자 오크들의 공격은 그에게 집중되었다.

휙—! 휙—! 쿵—! 휙—!

"키엑!"

"키힉!"

로튼은 정자세로 아밍소드를 휘둘렀고 그때마다 오크의 목을 따 버렸다. 방패가 없어 오크들의 공격을 효과적으로 방어할 순 없었지만, 단단한 그의 갑옷에 떨어지는 나무 방망이는 그에게 큰 피해를 입히지 못했다.

쉬이익—!

파삿—!

또한 뒤에서 날아오는 단검과 화살도 한몫했다. 카이랄은 뒤에서 로튼을 지원하면서도, 그 사이에 빠져나와 일행에게 달려드는 오크들을 근거리에서 직접 처리했다. 모든 오크는 시르퀸과 머혼 그리고 델라이에게 다가오지도 못하고 모두 절명했다.

일행은 서서히 뒤로 물러나며 계속해서 싸웠다. 죽은 오크의 숫자가 십을 넘고 이십을 넘고 오십을 넘었을 때쯤에, 트롤이 큰 소리를 외쳤다.

"크와왕!"

전과 별 차이 없는 외침처럼 들렸지만, 오크들에게는 확실히 다르게 들린 것 같았다. 그들은 더 이상 일행에게 다가가지 않고, 서서히 뒤로 물러났다. 그 반면에 트롤은 앞으로 뛰어오기 시작했다.

직접 나선 것이다.

로튼은 조금 굳은 표정으로 마구 달려오는 트롤을 보았다. 그가 한 손에 들고 있는 나무에 맞으면 최소한 뼈가 부러질 것이다.

하지만 그럴 일은 없다.

시르퀸은 활을 잡은 손길에 마나를 모아 본래보다 강력한 바람의 화살을 쏘아 보냈다.

피— 슝—!

그 소리를 들은 트롤의 표정이 순간 당황으로 물들었다. 그렇게 미간이 뚫려 버릴 쯤, 또 다른 트롤 한 명이 갑자기 옆에서 튀어나와 그 트롤을 붙잡고 같이 엎어졌다.

바람의 화살은 허무하게 공기를 갈랐다.

모든 이의 시선이 새로 나타난 트롤에게 꽂혔다. 그 트롤은 긴 수염을 기르고 있었고, 한쪽 눈이 없었으며, 무지갯빛이 나는 일곱 보석이 박힌 목걸이와 동일한 보석이 끝에 박힌 기다란 지팡이를 가지고 있었다.

그 트롤은 서둘러 자리에서 일어나더니 로튼을 바라보며 말했다.

"여기서 더 싸운다면, 둘 모두에게 좋을 것이 없다. 더는 공격하지 않을 테니 가라, 인간."

너무나 또박또박한 발음에 로튼은 순간 정신이 멍해졌다. 카이랄도 마찬가지로, 믿을 수 없다는 듯 그 트롤을 바라보았다.

그때 시르퀸이 대답했다.

"당신은 누구십니까?"

그 트롤은 코웃음을 치며 말했다.

"트롤에게 이름을 말하라고 하는 것인가? 재밌는 엘프로군. 아무튼, 우린 이만 물러갈 테니 더는 싸우고 싶지 않다. 엘프라면 내 말이 진심인 것을 알겠지."

"……"

그렇게 말한 트롤은 자기가 넘어뜨린 트롤을 향해서 알 수 없는 언어로 몇 차례 고함을 쳤다. 마치 훈계를 내리는 것 같았다.

그 뒤, 그들은 한쪽으로 사라졌고, 그와 동시에 붉은 눈동자들도 숲속에서 사라졌다.

정적이 흐르자, 머혼이 말했다.

"방금 트롤이 말했지? 그것도 정확한 발음으로."

로튼은 눈을 껌벅껌벅하더니 말했다.

"괴물학 서적을 읽은 지 너무 오래됐군요. 이번에라도 찾아봐야겠습니다. 트롤이 말을 하다니."

머혼은 머리를 마구 흔들더니 말했다.

"저택 주변에 저런 것이 있다니… 아, 아아. 안 그래도 생각할 것이 산더미야."

로튼은 검을 다시 검집에 넣으려 했다. 그런데 검집 한쪽이 찢어져 있어 덜렁거렸다. 전투 때 찢어진 듯싶었다.

"칫, 젠장."

머리를 흔들던 머혼은 옆에 있던 델라이에게 말했다.

"전하, 괜찮으십니까? 걸으실 수 있겠습니까?"

델라이는 정신없는 표정으로 고개를 끄덕이더니, 머혼에게 부축을 받으며 일어났다.

그들은 그 이후 아무 일 없이 머혼의 저택에 도착할 수 있었고, 카이랄과 시르퀸은 왕궁으로 돌아갔다.

고요했던 저택이 분주해졌다.

한밤중에 왕이 왔다는 소식이 돌자, 막 잠자리에 들었던 수많은 하녀들은 잠을 포기하고 일어나야 했다. 기사들도 주섬주섬 갑옷들을 챙겨 입고 안팎으로 저택을 지켜야 했다.

머혼은 델라이를 저택의 최고 귀빈실에 데려다주고는 밖으로 나왔다. 밖에는 집사인 르아뷔와 하녀장인 퀼린이 그를 기다리고 있었다. 그들의 눈에는 궁금증이 가득했지만, 머혼은 다른 말을 했다.

"아시스는?"

퀼린이 대답했다.

"막 저택에 들어오셔서 목욕을 하고 계신 걸로 압니다."

"그쪽으로 가지. 르아뷔, 자네는 들어가서 전하의 말동무라도 되어 드리게. 슬슬 혼자 있기보다는 누군가와라도 같이 있고 싶으실 거야."

"아, 예. 알겠습니다. 근데 백작님께서 같이 있는 것이 더 좋지 않겠습니까?"

"바로 올 거니까, 일단 네가 함께 있어 드려."

르아뷔가 고개를 끄덕이곤 안으로 들어가자, 퀼른이 말했다.

"그, 그러면 백작님께선 레이디 아시스의 침실로 가십니까?"

"침실에서 씻고 있어?"

"아, 아니요 그건 아니고……."

"지금 있는 곳으로 가자고, 급히 전해야 할 말이 있으니까."

"아, 예."

퀼른은 머혼을 아시스의 옷방으로 안내했고, 안으로 들어섰다.

옷방 한쪽에는 천장에서부터 넓게 퍼지듯 내려오는 커튼이 있었다. 그 안쪽 욕조에서 따뜻한 물에 몸을 녹이고 있던 아시스가 물었다.

"누구지?"

퀼른이 대답하기 전에 머혼이 말했다.

"나다. 근데 그 날카로운 쇳소리는 뭐냐? 너 혹시 여기까지 검을 가져왔냐? 아니, 욕조를 옷방에 둔 게 더 웃기긴 하네."

아시스는 검을 잡은 손에 힘을 빼며 말했다.

"어차피 여기서 갑옷을 벗으니까요. 아무튼 커튼 안쪽으로 오지 마요. 벗고 있으니. 같이 온 사람은 누구예요?"

퀼른이 대답했다.

"접니다, 레이디."

"아, 온 김에 와인 좀 가져다줘요. 안 그래도 목마른데, 시간이 시간인지라 밖에 하녀가 없어서 말할 사람이 없었어요."

"아, 알겠습니다, 레이디."

그녀가 밖으로 나가자, 머혼은 문가에 기대고 섰다. 그리고 넓게 쳐져 있는 커튼 쪽을 보며 말했다.

"왕이 왔다."

"예?"

"델라이 왕. 우리 저택에 모시고 왔어."

"저, 전하를요? 아, 아니, 이 시간에? 뭐, 뭔 일 있어요?"

"있지. 델로스에 미티어 스트라이크가 떨어진다고 하더라. 그래서 정신적으로 꽤 큰 충격을 먹었나 봐. 그래도 꽤 현명한 남자인데, 아주 멍청이가 됐어."

"……."

아무리 기다려도, 아시스가 아무런 말을 하지 않자, 머혼이 다시 말했다.

"너도 충격 먹었냐?"

"안 먹을 리가 있어요? 수도가 유성에 의해 날아가게 생겼는데?"

"너 어차피 친구도 없잖아? 수도에 뭐가 있다고……."

"아빠!"

"아무튼 그래서 왕을 빼 왔어. 왕궁에 믿을 놈 하나도 없으니까."

아시스는 기가 찬 듯 말했다.

"아버지는 믿을 놈이고요?"

"아버지한테 놈이 뭐냐, 넌."

아시스는 욕조에서 일어났다. 그리고 한쪽에 걸려 있던 수건으로 몸을 닦기 시작했다.

"소론에서 시전한 건 아니겠고, 제국이겠네요? 설마 총력전이 일어날까요?"

"아마도."

"그럼 앞으로 어떻게 하실 건데요, 아버지?"

"몰라. 일단은 왕의 마음부터 좀 달래 놔야지."

"……"

"……"

부녀간의 침묵은 동시에 깨졌다.

"아시스."

"싫어요."

또다시 시작된 두 번째 침묵 또한 동시에 깨졌다.

"알지 않냐?"

"싫다니까요."

세 번째 침묵 역시도 동시에 깨졌다.

"뭐 큰 거 하라는 거 아니야."

"진짜 싫어요."

"……"

"……"

네 번째 침묵은 좀 오래갔다.

아시스가 말했다.

"몸 좀 돌려요. 옷 가지러 가게."

머혼은 몸을 돌려 벽을 향했다. 그러자 아시스는 커튼 속에서 나와서 한쪽에 있는 옷장으로 걸어갔다. 그리고 그 안에 있는 옷 중 가벼운 흰색 상, 하의를 꺼내 입기 시작했다.

머혼은 벽을 본 채로 말했다.

"간단해. 얼굴만 한 번 비쳐. 그거면 돼."

"아버지, 진짜 정신 나갔어요? 설마 그 늙은 놈한테 날 시집 보낼 생각은 아니시죠?"

"당연히 없지. 내 말은 그냥 그 마음만 좀 뺏으라는 거야. 응? 말만 살짝 섞어, 말만."

그녀는 역겹다는 듯 숨을 내쉬더니 말했다.

"하아, 왜요? 대체 왜 그래야 하는데요?"

"그야, 그놈이 날 믿는 이유 중 상당수는 너 때문이니까. 널 좋아하니까, 날 믿는 거야. 그뿐이라고."

아시스는 들고 있던 옷을 입다 말고 한숨을 쉬었다.

"하아. 아버지, 제가 왜 사교계에 안 나가는지 잘 아시잖아요? 그놈도 그렇고 그놈 아들도 그렇고. 더러워서 진짜."

"알지, 알아. 그런데 뭐 어쩌겠냐? 왕이잖아, 왕. 이 나라의 왕. 왕인데 뭐 어쩔 거야? 그리고 그 아들놈도 경쟁자가 없는 왕세자야. 그냥 그대로 왕이 될 가능성이 크다니까."

"그래서요? 왕이 원한다면 딸이라도 파시겠어요?"

"아니, 누가 시집가래? 그냥 얼굴 한 번 비치라고. 지금 정신 반쯤 나가 있는 상태니까, 네가 지금 얼굴 한 번만 살짝 비쳐 주면 끝나."

"진짜 역겨워."

"해 줄 거지?"

아시스는 얼굴을 확 찡그리더니, 다시 옷을 입기 시작했다.

"대신 절대로 그 늙은이랑 날 혼자 두지 마세요. 알았죠?"

머혼은 박수를 한 번 치더니 말했다.

"좋다, 우리 딸! 아버지는 밖에서 기다리마."

머혼은 그렇게 옷방 밖으로 나갔다.

쿵.

문이 닫히자, 안에 있던 아시스는 깊은 한숨을 내쉬었다.

第五十八章

"우웨엑—!"

토악질 소리는 언제 들어도 불쾌하다.

포트리아는 소리가 들린 방향으로 고개를 돌렸다. 그곳에
는 무기와 방패를 버려 두고 바닥에 양팔을 짚은 채, 속에 있
는 모든 것을 쏟아 내고 있는 한 흑기사가 있었다. 미처 투구
를 벗지 못했는지, 그의 토사물이 투구의 구멍을 통해 진득하
게 빠져나오고 있었다.

포트리아의 표정이 일그러졌다.

"오늘 이상하게 저 소리 많이 듣는 같아."

그녀의 눈길이 옆에 있던 슬롯에게 향하자, 슬롯은 어깨를 들썩이며 말했다.

"말했잖습니까? 다들 술에 절었다고. 저도 겉으로 티는 내고 있지 않지만 참고 있습니다."

포트리아는 조금 언성을 높이며 말했다.

"그래서 전투를 할 수 있겠나?"

슬롯은 태연하게 말했다.

"그건 저쪽도 마찬가지입니다. 저흰 그래도 반은 술을 안 먹었지요. 저쪽은 못해도 저희보단 더 먹었을 겁니다. 저기 저 고폰 경을 보십시오. 한눈에 봐도 겨우 서 있지 않습니까?"

포트리아가 고개를 돌려 머혼의 저택 앞에 정렬한 머혼 기사단을 보았다. 델라이 최고 기사단 자리를 앞다투는 기사단 치고는 대열도 무장도 지극히 형편없었다. 견습생들을 데려다 놓고 정렬하라 해도 그보단 나을 것이다.

특히 캡틴임이 확실한 중앙의 기사는 유독 비틀거리고 있었는데, 방패를 드는 건 고사하고 검을 땅에 박고 기대 있는 것만으로도 벅차 보였다.

포트리아가 말했다.

"아주 가관이야. 이러니 나라가 망해도 할 말이 없지."

"어떻게 하실 겁니까? 공격이라도 할까요?"

"아니, 일단 전하가 있는지부터 떠봐야지."

그렇게 말한 포트리아는 앞장서서 걷기 시작했다. 그러자 슬롯은 한숨을 쉬고는 자연스레 그녀에게 따라붙었다.

중간쯤 왔을까? 머혼 기사단에서도 두 명 정도가 걸어 나왔다.

네 명이 만나자 고폰이 말을 시작했다.

"포트리아 백작, 이 앞으로는 머혼 백작님의 백작령입니다. 저택 하나 정도의 크기지만, 공식적으로 하사받은 백작령인 만큼 허가 없이 타 귀족이 함부로 들어오실 수 없습니다."

혀가 잔뜩 꼬여서 자기가 무슨 말을 하는지도 모르는 것 같았지만, 단어 하나하나 잘 들어 보면 그나마 문장이 되었다.

포트리아가 그에게 말했다.

"머혼 백작을 찾아뵙고 논의할 것이 있어서 왔는데, 이렇게 기사단을 세워 두고 경계할 필요가 있나?"

고폰이 대놓고 코웃음을 쳤다.

"흑기사단를 끌고 온 분이 하실 말씀은 아니지요. 게다가 소론 전투 이후 대장군의 지위를 왕께 반납하셨다면서요? 그럼 왕의 전속인 흑기사단을 운용할 권한도 없으시지 않습니까?"

역시 발음은 불투명했지만 의미는 정확했다. 포트리아는 그가 일부러 취한 척을 하는 것이 아닌가 하는 생각까지 했다.

그녀가 또박또박 반박했다.

"이들은 이들의 의지로 온 것이고, 내가 온 것과는 별개의 용무이네."

"별개의 용무라면, 별개로 말씀드리지요. 포트리아 백작님은 언제나 환영입니다. 무장하지 않으셨으니, 제가 당연히 경계할 필요가 없습니다. 다만 슬롯 경, 흑기사들을 뒤로 물리시지요. 백작령은 백작 고유의 영지. 왕의 권위 아래 움직인다한들 의회의 결정 없이 함부로 침범할 수 없습니다."

고폰은 몇 번이고 발음을 씹으면서도 결국 끝까지 말을 다 했다. 슬롯은 검과 방패를 잠시 땅에 내려놓고는 투구를 벗었다.

"포트리아 백작님의 안위가 걱정되어 따라온 것이지, 다른뜻은 없었습니다."

"그럼 포트리아 백작께서 안에서 용무를 다 보실 때까지 지금 그 자리에서 기다리시지요."

"달이 다섯 개입니다. 트롤까지 있습니다. 저택의 보호를 받지 못하는 곳에 있다가 몬스터에게 습격이라도 당하면 어떻게합니까? 설마 흑기사가 머혼 백작님께 해를 끼치겠습니까? 그럴 일 없습니다."

"당연히 없지요. 머혼 기사단은 어떠한 해악에서도 머혼 백작님을 보호할 것이니까요. 또한 드래곤이 아니고서야 흑기사단에게 피해를 줄 수 있겠습니까? 영지 밖에 있으십시오."

포트리아가 끼어들었다.

"왜 흑기사단을 저택 안으로 들이지 않는지, 그 이유가 궁금하군. 같은 델라이의 기사단인데, 왜 굳이 영지 밖에서 밤을 지새우게 만들 셈인가?"

"말씀드린 것처럼 안으로 들어오시려거든 포트리아 백작님만 오시지요."

단호한 고폰의 목소리에 슬롯이 따지듯 말했다.

"정말 이상합니다, 고폰 경. 우린 그저 포트리아 백작님의 신변을 보호하기 위해서 왔습니다. 저희가 무슨 머혼 기사단과 항쟁이라도 하려고 왔다 보는 것입니까?"

고폰은 단호하게 말했다.

"다시 말하게… 으읍, 쿠웨엑, 쿠엑."

"……."

"……."

고폰은 잽싸게 투구를 벗고 토악질을 했다. 한참을 그렇게 하더니, 곧 아무렇지도 않게 투구를 다시 쓰고는 말했다.

"다시 말하지만, 흑기사는 자리를 고수하든 물러가든 하십시오. 더 안으로 들어오는 것은 백작령에 대한 침공 행위로 간주하겠습니다. 포트리아 백작님께서 머혼 백작님을 뵙고 싶다면, 홀로 들어오셔야 될 것입니다."

한결 정확해진 발음이다.

포트리아의 눈이 날카로워지더니 낮은 목소리로 말했다.

"전하가 안에 계신가?"

"……."

"전하께서 안에 계신가 물었네, 고폰 경."

고폰 또한 차가워진 눈동자로 그녀에게 말했다.

"저택에 누가 있는지 없는지는 백작님이나 집사에게 물으시지요. 제가 아는 사항이 아닙니다."

"있군그래?"

"전 알지 못하니, 직접 물으십시오."

포트리아는 더 말하지 않고 몸을 확 돌렸다. 그리고 천천히 흑기사단 대형으로 걸어갔다.

홀로 남은 슬롯은 고폰을 물끄러미 보다가 말했다.

"방금 전까지 같이 싸우던 아군에게 칼을 겨누게 될 줄은 몰랐습니다."

고폰은 고개를 끄덕였다.

"흑기사와는 한번 진심으로 싸워 보고 싶긴 했지요. 예상보다 빠르지만, 이날이 오긴 왔습니다."

슬롯도 곧 몸을 돌려 포트리아를 따라갔다.

원래 자리로 돌아온 포트리아는 막 그녀의 뒤를 따라온 슬롯에게 물었다.

"이길 수 있겠나?"

슬롯은 천천히 말했다.

"변수가 없다는 가정하에 일반적인 경우를 말씀드리면, 일단 흑기사단은 멜라시움이고 머혼 기사단은 아다만티움이지요. 우리에겐 마법이 전혀 통하지 않으니, 마법전에 돌입하면 저쪽이 상당히 불리합니다. 따라서 노매직존을 유지하는 건 저쪽이 될 겁니다. 또한 저쪽은 수성해야 하는 입장이지요. 수비하는 쪽에서 마법에서 밀려 노매직존을 유지해야 한다면, 공략법은 간단하지요."

"포위 말인가?"

"우리는 그냥 저택을 둘러싸고 그쪽의 마나스톤이 고갈될 때까지 기다리면 됩니다. 스페라 백작이 우리 쪽에 섰으니, 아마 저쪽에서 먼저 못 참고 쾅 하고 부딪치러 나올 텐데……."

"나올 텐데?"

"확실하게 결과를 말할 수는 없지만 한 가지 참고하실 만한 게 있다면, 흑기사단은 기사단 간의 전투에서 지금까지 져 본 적이 없습니다."

"그럼 쉽게 이길 수 있겠군?"

"변수가 없다면요."

포트리아는 슬롯이 무엇을 말하는지 알 것 같았다.

"스페라 백작 말이군."

"……."

"그럼 노매직존을 아예 우리 쪽에서 유지한다고 하면, 그 변수도 사라지는 것 아닌가?"

"그렇긴 합니다."

말만 들으면 쉽게 이길 수 있다는 뜻이다. 하지만 말끝을 흐리는 것이 뭔가 못마땅한 것 같았다.

포트리아는 몸을 돌려 그를 응시하면서 되물었다.

"한데?"

슬롯은 그녀를 마주 보다가 곧 어깨를 들썩였다.

"진짜 싸웁니까?"

"왜? 이길 거라고 하지 않았나?"

"이기긴 하지만, 머혼 기사단과 흑기사단은 델라이에서 가장 강력한 두 기사단입니다."

"이참에 누가 최강인지 가릴 수 있겠군."

슬롯은 고개를 저었다.

"그런 뜻이 아닙니다. 제 말은 우리 둘이 맞부딪치면 누가 이기든 델라이의 전력은 상당히 감소할 거라는 점입니다."

"알고 있네."

"그런데도 정말 싸우라는 겁니까? 내부의 권력투쟁으로 국가의 전력이 낭비되면, 적국만 좋은 꼴일 겁니다."

포트리아는 순간적으로 치솟는 화를 참아 내며 나지막하게 말했다.

"권력투쟁? 지금 이것이 한낱 권력투쟁으로 보이는가? 나와 머혼이 왕좌를 두고 씨름하는 걸로 보여?"

"……."

슬롯은 아무 말 하지 않았지만, 그 침묵은 긍정에 가까웠다.

포트리아는 분노를 터뜨리며 양손을 뻗어 슬롯의 목 주변에 있는 갑옷 부위를 틀어쥐었다. 그가 투구를 벗고 있었기에 드러난 부분이었다.

그녀는 자신 쪽으로 그를 끌어당기면서 으르렁거리듯 말했다.

"머혼 백작은 전하를 납치했어. 그것은 반역죄야. 지금 우리는 반역 죄인들을 사로잡아 처벌하기 위해서 이곳에 온 것이야. 그런데 이게 한낱 권력투쟁으로 보이는가?"

포트리아의 두 눈은 불타고 있었다.

그리고 그만큼, 슬롯의 눈동자는 차가워졌다.

"놓으시지요, 포트리아 백작."

"……."

"놓으세요, 백작."

포트리아는 입술을 한 번 뒤틀더니, 곧 탁 하고 그를 놔주었다. 슬롯은 그녀를 한 번 흘겨보고는 투구를 쓰면서 말했다.

"흑기사단은 전하께서 안에 계시다는 확실한 증거가 없다면 움직이지 않을 것입니다."

포트리아는 더 이상 참지 못하고 폭발하듯 소리쳤다.

"슬롯 경!"

슬롯은 땅에 있던 무기와 방패를 들며 포트리아와 눈을 마주치지 않았다.

"머혼 백작과 전하께서 함께 사라진 것은 사실입니다. 하지만 그것이 꼭 머혼 백작께서 전하를 납치했다고 볼 순 없습니다. 포트리아 백작께서 그 증거를 보여 주신다면, 움직이지 말라고 해도 움직일 겁니다."

"자, 자네!"

"들어가시지요. 가서 진상을 스스로 확인하십시오. 전하를 위해서 제 기사들의 목숨을 쓰시길 바란다면, 스스로도 자신의 목숨을 버릴 수 있다는 걸 증명해야 할 겁니다."

"……"

"또한 대장군의 직위를 반납한 이상, 포트리아 백작님께서는 저희를 통솔할 권한이 없습니다. 그러니 제 말에 따르지 않으면, 저흰 왕궁으로 돌아갈 것입니다."

포트리아는 두 주먹을 불끈 쥐고 속에 있는 말을 한 자, 한 자 게워 내었다.

"애초에 흑기사가 전하를 잘 모셨으면 이런 일이 없지 않은가?"

"……"

"국가라고 봐 주기도 민망한 소론을 상대로 별거 한 것도 없이, 이계인의 도움을 받아 승리했으면서, 뭐가 좋다고 전하의 안위를 생각하지도 않고 술에 꼴아서는 이따위 일이 일어나게 만들어? 내가 아니었다면 지금 왕세자의 목숨도 위험했을 것이야. 이미 저 반역자가 정권을 틀어쥐고 왕의 자리에 올랐어도 시원치 않지!"

"……."

슬롯이 아무런 말도 하지 않고 있자, 포트리아는 자신의 분을 못 이기곤 흑기사 전원에게 외쳤다.

"쓸모없는 것들! 너희들이 최강의 기사단이라고? 너희들의 최강의 기사단인 것이 아니라 최강의 금속을 몸에 두르고 있는 것뿐이다! 델라이라는 이 국가가 너희들에게 지급한 멜라시움이 아니라면, 기사도의 기 자도 모르는 너희들이 어떻게 최강의 기사단이 되었을 것이냐! 중원인들을 봐라. 그들의 기술에 의해 너희들이 두르고 있는 그 멜라시움도 다 휴지 조각이 될 것이다!"

폭언을 쏟아부은 포트리아는 성큼성큼 저택 쪽으로 걸어갔다. 슬롯은 그녀를 바라보다가 툭하니 말했다.

"흑기사, 모두 쉬어라. 그리고 톰, 왕궁에 가서 병사들을 불러와."

"포위할 생각입니까?"

"300명 정도면 적당할 것 같군."

"마법사는요?"

"그건 우리가 어떻게 할 수 있는 부분이 아니야. 포트리아 백작이 증거를 보이면, 그때 그녀를 통해 지원을 요청해 보지."

톰은 경례를 한 번 취한 뒤, 왕궁 쪽으로 향했다.

그사이 포트리아는 고폰 앞까지 도착했다.

"혼자다. 길을 열어라. 직접 머혼 백작을 보겠다."

고폰은 기사들을 보곤 고개를 한 번 끄덕였고, 머혼 기사단은 그녀를 통과시켜 주었다.

그녀는 홀로 적진에 들어간 셈이지만, 그녀의 두 눈과 표정에는 일말의 긴장감도 존재하지 않았다. 오히려 당당함과 자신감만이 가득했다.

그렇게 기사단을 시작으로, 저택의 입구, 화원, 그리고 대문까지 지나자 처음으로 그녀를 맞이하는 사람이 서 있었다.

머혼의 아내, 아시리스 황녀였다.

"포트리아 백작, 오랜만이에요. 전에는 자주 오셨었는데, 몇 년 새 뜸하시네요."

한밤중임에도 아시리스의 미모는 조금도 흠이 없었다. 포트리아는 그 아름다움을 보자, 속 안에 쌓인 화가 절로 가시는 것을 느꼈다.

정말이지 비현실적인 아름다움이 아닐 수 없다.

하지만 포트리아는 마음을 다잡았다.

"일이 많아져서요. 아무튼 머혼 백작을 뵈러 왔습니다, 안에 있습니까?"

"물론이지요. 포트리아 백작님을 뵙고 싶어서 오랫동안 기다렸습니다. 날이 늦었으니, 손님방으로 가시지요."

포트리아는 고개를 저었다.

"몇 마디 말만 나눌 것이니, 식당에서 뵙겠습니다. 제 기억으로는 응접실과 식당을 겸용하고 계시죠?"

아시리스는 화사한 미소를 지으며 대답했다.

"네. 백작님의 뜻이 정 그렇다면 그쪽으로 안내하지요."

그녀는 우아한 발걸음으로 포트리아를 저택 안으로 안내했다.

머혼의 저택은 수없이 많은 촛불로 환하게 빛나고 있었다. 본래 같았으면 마법등을 사용했겠지만, 최근 들어 생긴 마나스톤 고갈과 흉흉한 시기가 맞물려서 그런지 마나스톤을 아끼는 듯했다.

포트리아는 머혼이 처음 델라이에 왔을 당시, 그와 친분을 다지기 위해서 이곳에 자주 왔던 것을 기억했다. 아시리스가 말은 몇 년 새라고 했지만, 사실 십 년도 더 넘은 일이었다.

그 당시 그녀는 군부에서의 입지가 크지 않았기 때문에, 제국 황제와 의형제를 맺었다는 머혼에게 잘 보이기 위해서 끊임없이 노력했었다. 그가 델라이에서 크게 성공하리라 생각한 것이다. 머혼도 당시 델라이 귀족들과는 연이 없었기 때문에, 포트리아를 군부의 한 줄로 생각해서 그녀와의 친분을 소중히 생각했다.

그때만 해도 별 볼 일 없던 그 둘이, 델라이의 최고 권력을 앞다투는 핵심 인물들이 된 것이다.

살아 숨 쉬는 조각들.

다채로운 그림들.

예전에도 올 때마다 느꼈지만, 그의 저택은 대가의 걸작들로 가득했다. 과거에 항상 경외감을 느끼면서 들락날락했었는데, 새삼스레 그때의 감정이 되살아나는 것 같았다.

"거의 바뀌질 않았군요."

"예?"

아시리스의 되물음에 포트리아가 나지막하게 말을 이었다.

"저택 말이에요. 오랜만에 왔는데, 그림과 조각의 위치나 종류가 거의 바뀌질 않은 것 같아서 말입니다."

아시리스는 반쯤 웃음을 머금은 목소리로 말했다.

"완벽한 걸작에는 두 가지가 있죠. 무수히 많은 색이 있는 것과 색이 아예 없는 것. 처음 손님들에게 보일 만한 건 후자예요. 그래서 복도에 있는 작품들은 전부 무색의 걸작들입니다. 때문에 복도의 작품들은 그들의 완벽한 위치를 고수하죠."

"확실히 그때 봤던 것과 같은 모습이지만, 처음의 그 경외감이 그대로 느껴지는군요."

"사실 마법등 아래서 가장 빛나는 작품들인데… 촛불을 줄 수밖에 없는 게 너무 아쉽지요."

"……"

그들은 어느새 식당에 도착했다.

식당 역시도 마법등 대신 무수히 많은 촛불들이 켜져 있었다. 중앙에는 한 남자가 식탁 위에 다리를 올려놓고 고기를 뜯어 먹고 있었는데, 옷차림은 잠옷 그대로였다.

"왔습니까?"

그의 질문에 화사했던 아시리스의 표정이 굳었다.

포트리아가 대신 대답했다.

"로드 한슨이군요."

한슨은 포트리아를 보더니 두 다리를 내리고는 말했다.

"오? 포트리아 백작님! 이쪽으로 와서 앉으세요. 아버지께서 오시기 전까지 제가 말동무라도 해 드리지요."

포트리아가 식탁 쪽으로 걸어가는데, 중간쯤 가다가 아시리스가 오지 않는 것을 느끼곤 시선을 돌려 그녀에게 물었다.

"안 오십니까?"

아시리스는 고개를 저었다.

"한슨과 말씀 나누시지요. 전 들어가 보겠습니다."

그녀는 그렇게 말한 후 작게 인사하고는 한쪽으로 들어가 버렸다. 그러자 한슨이 포트리아를 향해서 손짓하며 불렀다.

"어머니는 내버려 두시고 와서 앉으시지요. 어머니는 나와 한자리에 함께 있는 것 자체를 못 견뎌 하시니까요."

"……."

포트리아는 머혼의 집안 사정을 익히 알고 있었던 터라 별 말 하지 않고 한슨의 앞쪽에 앉았다.

한슨은 빈 와인 잔과 와인병을 그녀에게 건네주었다.

"속이 자주 쓰리시지요? 밤마다 와인을 드시는 걸로 알고 있습니다만. 편하게 옆에 두고 원하시는 만큼 따라 드시지요."

포트리아는 그 둘을 받더니 스스로 따라서 목을 한 번 축였다.

"그런 사소한 것을 기억하고 계십니까?"

"그야 아버지께서 일일이 다 알려 주셨습니다. 포트리아 백작님의 환심을 사야 군부에 들어갈 수 있다고 말입니다. 백작님이 환심 좀 산다고 자리를 주는, 그런 위인이 아닌 걸 모르셨던 것이죠."

"……."

"당시 전 아버지 눈에 들려고 발악할 때라 말 한마디 놓치지 않고 들었습니다. 그러다 보니 당시 들었던 말들은 거의 다 기억합니다."

"지금은요?"

"글쎄요. 별생각 없습니다. 그냥 적당히 즐기면서 눌러살랍니다."

포트리아는 와인 한 모금을 더 마시고는 말했다.

"사실 전 로드 한슨을 지지했었습니다. 하지만 당시 장군들이 반대했지요. 혹 그 이유를 아십니까? 표면적인 이유 말고요."

한슨은 고기 한 점을 뜯어 먹더니 마구 씹으며 말했다.

"쩝쩝. 뭡니까? 그러고 보니, 그때쯤부터 백작님이 저희 집에 잘 오시지 않으셨지요?"

포트리아는 게걸스럽게 먹는 그를 아무렇지도 않다는 눈으로 바라보며 차분히 대답했다.

"머혼 백작의 영향력이 군부까지 미치는 것을 막기 위함이었지요. 당시 장군들은 머혼 백작의 권력이 너무 강력해지는 것을 경계했었습니다."

"아하, 그래서 그 말 같지도 않는 이유를 명분 삼아서 내게 기사 작위를 안 준 것이로군요."

포트리아는 딱딱하게 말했다.

"아주 말 같지도 않은 이유는 아닙니다. 당시 대련 상대는 패배를 인정한 상태였습니다. 고통 속에 있었기에 말을 꺼내지 못한 것이죠. 그런 그를 죽인 건 기사로서 할 행동이 아니었습니다. 물론 그냥 넘어갈 수 있는 일을 빌미 삼아 넘어가지 않은 건 맞습니다만, 그 판결이 정당하지 않다고 할 순 없습니다."

한슨은 먹던 고기를 한쪽으로 집어 던지며 과격하게 말했다.

"당시 난 십 대 중반이었습니다. 예? 막 이 호화찬란한 저택에 들어와서 난생처음 보는 귀족 아버지의 인정을 받으려고 아주 지랄을 하던 때라고요."

"그래서 심사 때 상대방을 짐승처럼 죽였다는 말입니까? 잘 보이려고?"

"난 진짜 칭찬을 들을 줄 알았죠. 기대하면서 아버지를 보는데, 그때 그 눈빛은 무슨 개새끼를 보는 듯이… 아후, 됐어요. 그만합시다."

"본인이 기억을 잘 못 해서 그렇지 그때 많이 심했어요. 상대를 죽인 것도 문제지만, 시체에 대고 열 번 이상을 난도질했으니까."

한슨은 입술을 한 번 닦더니 말했다.

"내가 자란 고향에선 그게 남한테 잘 보이는 짓입니다."

"그렇군요."

한슨은 와인을 물처럼 벌컥거리며 마시더니 말했다.

"아무튼 그때 이후로 이렇게 포트리아 백작과 대화하는 건 처음인 것 같습니다. 괜히 반갑기도 하고 그러네요. 당시 가르쳐 주신 괴물학이나 군사학 등등은 아직도 많이 써먹고 있습니다."

"다행입니다."

한슨은 입맛을 다시더니 말했다.

"포트리아 백작."

"예."

"혹시 아버지랑 한판 하러 온 겁니까?"

"그런 셈이지요."

"역시 그렇군요. 나한테는 아무것도 안 알려 줘서 뭐가 어떻게 돌아가는 건진 모르겠지만, 흑기사들이 온 것도 그렇고, 왕이 온 것도 그렇고 뭔가 심상치 않다는 건 알겠습니다."

"머혼 백작께서 아무것도 알려 주시지 않았다니 유감입니다."

한슨은 콧잔등을 긁으면서 눈을 감았다.

"십여 년 전에, 포트리아 백작님이 마지막으로 저택에 온 날 말입니다. 자세한 내막은 모르지만, 아버지께서 포트리아 백작님의 진급 경쟁자를 은밀히 처리해 줬던 거 같은데… 아무튼 그거에 포트리아 백작님이 불같이 화내고 다신 이곳에 오지 않겠다고 한 날 말입니다."

"예, 그때가 마지막이었지요."

"그때 아버지가 그랬습니다. 다음에 포트리아 백작이 저택에 올 일 있으면, 그건 죽으러 오는 일일 거라고."

"……"

"반농담이라고는 생각했는데… 뭐, 아버지가 한 농담이 현실로 되는 경우를 종종 봐서 말입니다."

"역시 대단하신 분이군요. 일이 결국 이렇게 흐를 걸 알았나 봅니다."

한슨은 퉁명스럽게 말했다.

"하지만 그 이후에도 포트리아 백작님을 도와준 건 아십니까? 포트리아 백작께서 오십도 되지 않은 젊은 나이에, 대국인 델라이의 대장군의 자리에 오른 건 우연이 아닙니다. 하하하."

"절 도와준 것이 아니라, 머혼 백작 본인을 경계한 노장군들을 하나둘씩 처리한 것이겠지요. 그러다 보니 제가 올라가게 된 것뿐입니다."

한슨은 방긋 웃더니 팔을 들어 머리를 기댔다.

"아무튼 이제 백작께서 어떻게 될지 모르니, 마지막으로 묻고 싶은 것도 있고 해서 기다리고 있었습니다."

"무엇을 말입니까?"

한슨은 그답지 않게 사방을 이리저리 둘러보았다. 식당에는 그들 외에 아무도 없다는 것을 확인한 그는 나지막하게 말했다.

"혹시나 도움이 필요하면 제게 오시지요. 도움을 드리겠습니다."

"……."

"어차피 이대로 가면 저도 죽을 겁니다. 쓰읍, 편안하게 오래오래 사는 게 꿈이지만, 아버지 핏줄을 이은 이상 그런 사치는 누릴 수 없겠지요. 어차피……."

벌컥.

그때 누군가 식당의 문을 열고 들어왔다.

바로 머혼이었다.

머혼은 막 자리에서 일어나는 한슨을 보며 말했다.

"뭐냐? 네가 왜 여기 있어?"

한슨은 양 손바닥을 보이며 말했다.

"잠이 안 와서요. 저택도 안팎으로 시끄럽고, 평생 안 올 줄 알았던 포트리아 백작도 왔네요. 왜 나한테만 아무것도 안 알려 줍니까? 뭐, 왕궁에 무슨 일 있답니까? 게다가 하녀가 그러던데, 델라이 왕이 왔다고요."

"……"

"……"

머혼과 포트리아의 두 눈이 마주쳤다.

한슨은 그런 둘을 영문을 모르겠다는 표정으로 번갈아 보다가, 곧 툭하니 말하면서 머혼이 들어온 문 쪽으로 나갔다.

"여기서 고기나 뜯어 먹으려고 했는데, 두 분이서 긴밀히 대화해야겠지요. 전 그러면 서재에 가 있겠습니다. 포트리아 백작님, 아버지와 대화가 다 끝나고 시간이 되시면 잠깐 들르시지요. 군사학에 대해서 여쭙고 싶은 것이 있습니다. 그럼."

그렇게 말한 그는 태연하게 식당의 문을 닫았다.

쿵.

식당의 문이 닫히자 포트리아는 문 앞에 가만히 서 있던 머혼을 보며 말했다.

"제가 전에 말씀드렸지요. 아드님 때문에 고생 좀 하실 거라고."

"아, 포트리아 백작께서도 그런 조언을 하셨습니까? 뭐, 다들 하는 말이라서."

머혼은 천천히 걸어서 한슨이 앉아 있었던 곳에 가 앉았다.

포트리아가 날카로운 눈빛을 빛내며 말했다.

"멍청한 아드님 때문에 차마 시치미는 떼지 못할 것이고, 이젠 어떻게 하실 겁니까?"

머혼은 한슨이 게걸스럽게 식사했던 현장을 바라보다가 곧 고기가 다 뜯기지 않은 부위를 들어서 찌익 찢어 먹었다. 그렇게 말없이 먹던 그는 꿀꺽 음식물을 삼키곤 말했다.

"왜 못 뗍니까? 하녀가 잘못 알았다고 하면 되지."

"아하? 그래요?"

"혹은 저놈이 미쳐서 환청을 들었다, 뭐 그렇게 시치미 떼는 방법도 있습니다."

"오, 그런 방법이?"

"세상만사가 말입니다. 그 사람의 의지가 있고, 뜻이 있으면, 방법은 다 나오는 법입니다, 포트리아 백작. 그 와인 좀 주시지요, 다 안 마실 거면."

포트리아는 자리에서 일어났다. 그리고 와인 잔을 들고 막 뼈 사이에 혓바닥을 집어넣고 있는 머혼에게 다가갔다.

그리고 그 잔을 들어서 머혼의 머리 위에 부었다.

"반역자 주제에, 누구에게 술을 달라는 겁니까?"

머혼은 서서히 고기를 든 손을 내리더니 말했다.

"반역자는 당신이지요, 포트리아 백작."

"하, 뭐라고요?"

"전하께서 그러던데요. 당신이야말로 반역자라고."

"……."

머혼은 포도주에 젖은 얼굴로 눈을 치켜뜨며 옆에 있는 포트리아를 올려다보았다.

머혼이 비릿한 미소를 지으며 말했다.

"왜요? 내가 전하를 시해했을 거라고 생각했습니까?"

"아닙니까?"

"전하께서는 멀쩡히 살아 계십니다. 아까 상황을 보니, 왕궁 내에 첩자가 있을게 분명하잖습니까? 그렇지 않다면 제국이 무슨 확신이 있어서 델라이 수도에 미티어 스트라이크 마법을 시전했겠습니까?"

포트리아는 이를 바득 갈았다.

"그게 당신이지 않습니까?"

"네? 저라고요? 전 첩자가 있다는 생각이 들자마자 전하의 안위가 걱정되어 바로 저택으로 모셨습니다. 그런데 제가 첩자라는 겁니까? 포트리아 백작, 너무 수가 얄팍한 것 아닙니까?"

포트리아는 동그랗게 뜬 머혼의 두 눈동자를 내려다보다, 포크로 쑤셔 버리고 싶은 충동을 느꼈다.

그녀는 가까스로 그 충동을 참아 내며 말했다.

"전하를 뵙겠습니다. 만약 전하를 시해한 것이나 납치한 것이 아니라면, 잘 모시고 계시겠지요."

"물론입니다, 포트리아 백작. 바로 가시겠습니까?"

"······."

포도주에 의해 붉게 묽은 머혼의 미소는 한없이 뒤틀려 있었다.

그것을 바라보는 포트리아의 입가가 파르르 떨리기 시작했다.

머혼은 식탁에 놓여 있던 손수건 하나를 들어 얼굴을 닦은 뒤에 말했다.

"따라오시지요. 안내해 드리겠습니다."

"······."

그는 붉게 젖은 손수건을 곱게 접어 앞에 두었다. 그리고 자리에서 일어나 앞장서 걸었다. 포트리아는 이상하게 그 손수건에서 눈을 뗄 수 없었다.

"안 가십니까?"

문틈에 선 머혼이 묻자, 포트리아는 시선을 그에게로 돌리고 빠르게 걸었다.

저택의 안쪽 복도 역시 걸작들이 즐비했다. 무엇 하나도 심상치 않은 것이 없어서, 몇 시간을 죽치고 앉아 봐도 따분하지 않을 것들이었다. 아시리스가 말한 것처럼 처음 본 것들과는 다른, 각각 고유의 색을 가진 것 같았다.

하지만 포트리아와 머혼의 시선은 오로지 정면을 향해 있었다. 그들은 예술가들의 혼이 담긴 그 걸작들에 시선 한번 주지 않았다. 그들의 마음에는 그럴 공간이 없었다.

머혼은 귀빈실 문 앞에 섰다. 그리고 몸을 돌려 포트리아를 보았다.

"안에 계십니다."

포트리아는 그 문고리에 손을 올렸다.

그때 그 안에서 큰 웃음소리가 들렸다.

"하하하, 크하하."

"호호호, 호호호."

"호호호, 호호."

한 남성과 두 여인의 웃음소리는 끊길 줄 모르고 계속되었다. 특히 남성의 웃음 속에는 미묘한 느낌이 내포되어 있었다. 그것은 아내와 딸과 함께 식사하는 가장의 행복 같으면서도, 두 창녀를 한 번에 품는 추악한 부자의 쾌락 같기도 했다.

그 심상치 않는 느낌에 포트리아는 문고리를 잡은 손에 힘을 줄 수 없었다.

머혼이 말했다.

"맛이 갔어요, 이미."

포트리아가 잔뜩 일그러진 표정으로 머혼을 돌아봤다.

머혼은 의미 모를 미소를 짓고 있었다.

포트리아는 낮게 말했다.

"머혼 백작."

머혼이 조용한 목소리로 설명했다.

"그릇이 작아 깨진 건 아닙니다. 황족치고는 그릇이 큰 사람이긴 했어요. 다만 델라이를 생각하는 마음이 그 그릇보다 컸던 것이지요. 당신도 간신히 제정신을 유지하고 있지만, 사실 한계 아닙니까? 그러니 전하께서는 더하면 더했지 덜하진 않으실 겁니다."

포트리아는 격한 숨을 몇 번 내쉬더니 물었다.

그녀의 목소리는 놀랍도록 안정적이었다.

"당신은 한 번이라도 델라이를 사랑한 적이 있습니까?"

이번엔 머혼의 웃음이 진해졌다.

"그랬다면, 지금 이토록 빠르게 머리가 돌아가겠습니까?"

"……"

"들어가시지요."

포트리아는 고개를 폭 숙였다. 그녀는 문고리를 잡은 그 손에 힘을 넣을 수 없었다. 안으로 들어가야 한다는 것을 머리로는 알았지만, 마음은 도저히 그러고 싶지 않았다.

머혼은 잔인하게도 손을 뻗어 그녀의 손 위에 자신의 손을 포갰다. 포트리아가 그를 올려다보자, 머혼은 사악한 미소를 유지한 채 힘을 주어 그 문을 포트리아 대신 열었다.

덜컹.

방 안은 수많은 촛불에 의해서 대낮처럼 밝았다.

포트리아는 방 안의 모습을 마주할 수밖에 없었다.

"어? 포트리아 백작? 자네도 이곳으로 왔는가?"

델라이의 얼굴은 그가 마시고 있는 와인만큼이나 붉었다. 그리고 그의 두 눈은 퀭하게 들어가 어떠한 생기도 찾아볼 수 없었다. 얼굴 피부는 완전히 내려앉아 10년은 더 늙은 것 같았고, 헝클어진 머리카락도 본래보다 반 이상 빠져 버린 듯했다.

그리고 그런 그의 양옆에는 세상에서 가장 아름다운 두 여인이 있었다. 소소한 화장과 깔끔한 복장이었지만, 이 세상 어느 미녀를 데려다가 모든 기술을 동원해 치장한다 해도 그 둘을 이길 수는 없을 것 같았다. 그 둘도 조금 취했는지, 볼이 조금 불그스름했는데, 눈동자만큼은 차갑게 내려앉아 있었다.

아시리스와 아시스가 자리에서 일어났다. 그러자 델라이는 절망적인 표정을 지으면서 그녀들을 번갈아 보았다.

"어, 어딜 가는가?"

아시리스가 말했다.

"중요한 손님이 오셨으니, 저희는 이만 물러가겠습니다."

아시스는 델라이에게 고개를 살짝 숙이며 말했다.

"술기운이 올라와서 조금 어지러워요. 그럼 내일 아침에 또 뵈어요, 삼촌."

삼촌이라는 그 말에 델라이의 얼굴은 포근하게, 포트리아의 얼굴은 경악으로, 그리고 머혼의 표정은 당황으로 물들었다.

그렇게 아시리스와 아시스가 밖으로 나갈 때쯤, 머혼이 작은 목소리로 아시스에게 말했다.

"삼촌? 삼촌이라고?"

아시스는 대수롭지 않게 대답했다.

"그렇게 불러도 된대요."

"아니, 아무리 그래도 그렇지."

"왜요? 아버지가 원하시던 거 아니에요? 그런데 머리는 왜 그래요? 포도주를 부어……."

그때 포트리아가 고개를 돌려 아시스와 머혼 쪽을 보더니 그들의 대화를 끊어 버렸다.

"죄송하지만, 전하와 독대해도 되겠습니까?"

아시스는 더 말하지 않고 입을 다물고는 밖으로 휑하니 나가 버렸다. 머혼도 머쓱한 표정을 짓더니 그녀에게 말했다.

"물론입니다, 포트리아 백작. 말씀이 끝나시면 식당으로 오시지요. 그곳에서 기다리겠습니다."

"……."

"그럼."

머혼은 그렇게 말한 뒤에 문을 닫았다.

방 안에는 델라이와 포트리아가 있었다.

포트리아는 델라이의 정면에 있는 카우치에 앉더니 말했다.

"델라이 왕가의 왕관은 유니크(Unique)한 아티팩트로 알고 있습니다. 일정 반경 노매직존의 상위 마법인 노마나 존(No Mana Zone)을 생성한다고."

델라이는 두 눈을 조금 좁혔다.

"흐음, 그렇지."

"가동하실 수 있겠습니까? 머혼 백작이 혹 마법으로 엿들을까 염려됩니다."

"……."

"부탁드리겠습니다. 절 믿어 주십시오."

델라이는 가만히 그를 보다가 곧 왕관에 손을 올렸다. 그리고 중앙에 있는 보석을 양손으로 잡고 세게 눌렀다.

그러자 그 보석에서 은은한 빛이 흘러나오기 시작했다.

"됐네. 말하게."

포트리아는 다리를 꼬며 말했다.

"지금까지 잘 해내셨습니다. 앞으로 제가 보좌하겠습니다."

그러자 델라이는 눈을 동그랗게 뜨며 말했다.

"뭐? 뭘 말인가, 포트리아 백작."

포트리아는 두 눈을 감아 버렸다.

"지금까지 연기하신 것 아닙니까?"

"연기? 내가? 내가 왜?"

"……."

"무슨 소리를 하는지 모르겠군. 아무튼 포트리아 백작, 여기까지 오느라 피곤했을 텐데, 술 한잔 받게."

"방금 조금 마셨습니다. 괜찮습니다."

델라이는 고개를 마구 저었다.

"자자, 자! 머혼 백작이 자네를 내 앞에 들인 것을 보니, 자네가 첩자는 아니라는 뜻이겠지? 응? 그러면 내 술을 거부해선 안 되지. 내가 독이라도 탔다고 생각하는 건가? 그럼 내가 먼저 마셔 볼 테니까, 행여나 그런 의심은 하지 마시게나. 포트리아 백작은 항상 생각을 너무 많이 하는 게 문제야."

델라이는 와인병을 들어서 빈 와인 잔에 따르기 시작했다. 그런데 그조차도 제대로 들지 못해 위태위태했다. 포트리아는 어쩔 수 없이 다리를 풀고 반쯤 일어나서 와인병과 와인 잔을 양손으로 잡아 델라이를 도와주었다.

델라이는 그렇게 가득 따른 와인 잔을 한 모금 먹어 보이곤 그녀에게 전해 주었다. 포트리아는 차마 그것을 받지 않을 수 없었다.

"전하."

"자자, 마시래도?"

포트리아는 한숨을 내쉬더니 그 와인에 입술을 살짝 적시곤 자기 앞에 내려놓았다.

"전하, 반역자가 있습니다."

"그래? 누군데?"

포트리아는 와인 잔을 멍하니 바라보다가 툭하니 말했다.

"머혼 백작입니다."

"응?"

"머혼 백작입니다, 전하. 그가 반역자입니다."

"지금 무슨 소리를 하는 건가, 포트리아 백작?"

"머혼 백작이 아니라면 말이 되지 않습니다. 그가 제국과 내통했고, 제국과 함께 이 사태를 이끌어 온 것입니다."

델라이는 가만히 듣다가 곧 코웃음을 치더니, 와인 잔을 들어서 한 모금 마셨다. 그리고 기분이 좋다는 듯 작은 미소를 짓더니 말했다.

"뭐, 좋아. 그래, 증거는 있나?"

"물증은 없습니다. 하지만 확실한 심증이……."

"증거가 없다는 말이지?"

그 말은 처음으로 진지한 어조였다.

포트리아가 몸을 앞으로 하며 말했다.

"무엇보다도, 전하를 납치에 이곳에 가둔 것을 보면 그가 반역자라는 것이 확실합니다. 저도 그제야 그가 확실히 반역자인 것을 깨달았습니다."

"납치? 가둬? 머혼 백작이? 흥. 우습군그래."

"……."

"여긴 내가 오고 싶어서 온 것이야. 국가의 위기가 발생했을 때, 나의 신변을 가장 먼저 생각한 머혼 백작이 나를 이곳에 피신시켜 준 것이네. 그런데, 납치했다? 내가 납치를 당했다고?"

"……."

"지금 당장에라도 왕궁에 복귀하고자 하면 복귀할 수 있어. 다만 나의 목숨을 노리는 암살자들이 있을까 봐 가지 못하는 것이지. 누가 나의 충실한 신하이고 배은망덕한 반역자인지 모르기 때문에 지금 여기 있는 것이네. 단 한 가지 확실한 건 내 생명을 가장 먼저 생각한 자가 바로 머혼 백작이라는 거야. 그러니 그가 반역자일 리는 없지. 안 그런가?"

"전하, 제 말을 한번……."

델라이는 포트리아의 말을 막았다.

"게다가 머혼 백작은 포트리아 백작을 이곳까지 안내했어. 머혼 백작이 판단하기엔 포트리아 백작이 배신자는 아니라는 거지. 나도 그렇게 생각하고. 그런데 포트리아 백작이 머혼 백작이 배신자라고 주장한다? 이건 모순일세, 포트리아 백작. 내가 지금 포트리아 백작, 자네를 믿는 건 자네를 내 앞까지 들이기로 결정한 머혼 백작 때문이니까."

"……."

"포트리아 백작, 색출 작업은 머혼 백작이 알아서 해 줄 것이네. 그리고 그가 말하길, 델로스만 사라진다고 해서 델라이가 사라지는 건 아니라고 했어. 유성이 떨어질 때까지 충분한 시간이 있으니, 사람은 물론이고 대부분의 중요한 자료들도 옮길 수 있을 거야."

포트리아가 답답하다는 듯 빠르게 말했다.

"그 전에 제국에서 선전포고를 하면 아무런 의미가 없습니다. 그들이 병사들과 기사를 이끌고 수도를 포위하면 어떻게 됩니까? 왕권을 내놔야 할지도 모릅니다, 전하!"

"선전포고, 했는가?"

"예?"

"제국에서 전쟁을 선포했는가?"

"그건… 아직 들어온 소식이 없습니다. 하지만 곧 선포할 것이 불 보듯 뻔합니다."

델라이는 미소를 짓더니 말했다.

"그 부분 역시도 머혼 백작이 잘 처리하고 있네. 그는 제국의 외무부에서도 탐을 내는 인재야. 그가 지금 나서서 제국과 외교를 이끌어 내고 있지. 모르긴 몰라도, 황제에게 직접 이야기하고 있을 거야. 그와 의형제를 맺은 사이 아닌가? 색출 작업을 진행하는 것도 힘들 텐데, 그것까지 도맡아서 하느라 힘들 거야 정말로."

"전하."

"포트리아 백작도 잘 왔네. 이상한 소리는 그만하고 오늘은 일단 쉬게. 앞으로 수도를 재건하고 델라이를 꾸려 나가려면 많은 힘이 필요할 거야. 지금 우리는 힘을 비축해야 할 때야. 지금 상황에선 머혼 백작이 저리 열심히 일하고 있지만, 나이도 있고 하니 계속 그럴 순 없을 거야. 이후에는 우리가 일을 이어받아야 하지 않겠나?"

델라이는 눈을 천천히 감고는 와인 잔을 들었다. 그리고 한 모금씩, 한 모금씩 음미하며 삼켰다.

그는 그렇게 한 번에 와인 잔을 비워 버렸다.

포트리아는 그 모습을 가만히 지켜보았다.

아무런 감정이 없는 표정.

아무런 감정이 없는 눈빛.

그녀는 자리에서 일어나서 델라이에게 다가갔다.

"제가 따라 드리겠습니다, 전하."

그리고 와인병을 들어서 델라이가 막 내려놓은 빈 와인 잔에 와인을 따랐다.

델라이가 말했다.

"고맙네, 포트리아 백작."

"……."

델라이는 건배하듯 와인 잔을 한 번 들어 보인 뒤에, 다시금 입에 머금기 시작했다. 그렇게 와인이 가득 입에 들어갔을 때에, 포트리아는 자신의 오른팔로 델라이의 목을 강하게 감았다.

"읍! 으읍!"

목이 꽉 막혔지만, 와인을 머금은 그의 입에선 큰 소리가 나지 않았다.

거품이 올라오는 소리 정도에서 끝났다.

델라이의 얼굴이 더욱 붉게 변했고, 눈은 더욱 퀭해졌다.

곧 양쪽 눈에서 핏물이 흘러내리기 시작했다.

그의 몸이 사시나무처럼 떨렸지만, 이내 곧 평정을 되찾았다.

델라이가 더 이상 움직이지 않았지만, 포트리아는 팔에서 힘을 풀지 않았다.

아니, 풀고 싶었지만 풀려지지 않았다.

얼마나 지났을까?

포트리아는 팔에서 힘을 풀었다.

그리고 차가워진 델라이의 몸 위로 무너지듯 쓰러졌다.

＊　　　　＊　　　　＊

여긴, 물속인가?

아무리 숨을 들이마시려고 해도 불쾌하기 짝이 없는 물만 폐를 가득 채웠다. 빛 한 점 들어오지 않는 그곳은 얼마나 깊은 곳인지 알 수조차 없었다. 위를 보아도 수면이 보이질 않았고, 아래를 보아도 바닥이 보이지 않았다. 소리도 냄새도 아무것도 느껴지지 않았다.

나가야 해.

점점 가빠 오는 숨에, 그녀는 필사적으로 사지를 움직였다. 그녀가 아는 수영법이란 수영법은 모두 동원했다. 그럼에도 불구하고 그녀의 위치는 조금도 움직이지 않았다.

이성이 날아가기 시작했고, 정신이 희미해졌다. 하지만 역시 크게 달라지는 것은 없었다. 애초에 그녀가 있던 공간에는 아무것도 없었음으로.

그러면 정신이 희미해진다는 게 무슨 의미가 있을까?

애초에 정신이 희미해진다는 건 어떻게 아는 건가?

그때 그녀의 정신을 강타하는 소리가 있었다.

우르르 쾅쾅—!

창밖에 빛이 번쩍이자, 포트리아가 눈을 떴다.

"하아! 하아! 하아! 하아!"

새하얗게 변한 시야에 점차 색이 흩뿌려졌다. 눈동자에 난 모세혈관을 따라 타들어 가는 고통이 시작되며 점차 세상을 볼 수 있게 되었다. 하지만 그것은 선과 색의 무수한 조합일 뿐이었다. 그 외에 그 어떠한 것으로도 해석되지 않았다.

포트리아는 눈을 마구 껌벅거렸다. 목과 얼굴에 잔뜩 힘을 주며 근육을 움직여 보았다.

호흡으로 인해 밀려든 공기가 폐를 통해 핏속에 녹아들었다. 생기를 가득 담은 혈액은 그녀의 대동맥을 지나 머리를 직격했다. 두부처럼 하얗던 곳에 생명이 밀려와 모든 기능이 일순간 활성화되기 시작했다. 가장 먼저 기능을 되찾은 것은 그녀의 시야를 담당하는 부분이었고, 곧 눈으로 들어오는 선과 색을 바탕으로 논리적인 해석을 내놓았다.

얼굴이 파랗게 변한 채 죽은 델라이가 내려다보고 있다.

전하?

그때쯤, 그녀의 후각이 기능을 되찾았다. 콧속을 찌르는 퀴퀴한 냄새는 모두 델라이의 몸에서 흘러나온 체액에서 비롯된 것이다. 그리고 그 냄새가 이토록 잘 나는 것은 그녀가 죽은 델라이 위에 엎어져 있었기 때문이다.

포트리아는 화들짝 놀라며 자리에서 벌떡 일어났다.

"으, 으윽, 으윽."

난생처음으로 괴기한 소리를 내던 그녀는 혐오감에 온몸을 떨었다. 그러곤 무릎까지 가리는 군복 외투를 벗어 옆에 집어던졌다. 그럼에도 시체에서부터 나온 더러운 분비물이 몸에 묻었을까 이리저리 둘러보았다.

잠깐, 내가 살았다고?

즉사저주는?

포트리아의 머리를 스치는 광경이 있었다. 그녀가 왕의 집무실에 들어가서 앉고 나서 곧 밖으로 나가던 세 명의 마법사들. 그때 머혼은 델라이에게 즉사저주의 갱신을 잠시 멈춰 달라고 했고, 때문에 델라이는 그들을 내보냈었다. 당시 델라이는 즉사저주를 마저 다 갱신하지 못했다.

포트리아는 주먹을 마구 쥐었다 폈다. 그리고 얼굴을 만져보기도 했다. 그리고 몸을 이리저리 더듬었다.

틀림없이 살아 있다.

문득 그녀의 눈에 델라이의 머리에 비스듬히 씌워져 있는 왕관이 보였다. 왕관은 여전히 그 미약한 빛을 내고 있었는데, 왕이 말한 것처럼 노마나존을 유지하고 있는 듯했다.

우르르 쾅쾅—!

그녀는 그 자리에서 넘어졌다. 그리고 놀란 토끼눈으로 창밖을 보았다. 그곳에는 그 밖을 전혀 볼 수 없을 만큼 많은 비가 쏟아지고 있었다.

신기하게도 그제야 창문을 수시로 때리는 빗소리가 들렸다.

쏴아아.

쏴아아.

그녀는 자신의 가슴을 부여잡고, 미친 듯이 뛰는 심장을 마구 눌렀다. 그러자 조금 마음이 편안해지는 것을 느꼈다. 그녀는 곧 자리에서 서서히 일어났다.

죽였다.

왕을 죽였다.

즉사저주으로 같이 죽더라도, 그를 죽여야 했다.

이미 왕이 머혼에게 넘어갔으니, 머혼을 막을 방법은 그 수밖에 없었기 때문이다.

하지만 즉사저주는 발동하지 않았다.

왜일까?

즉사저주를 지금까지도 갱신하지 못한 것인가?

포트리아는 양손을 들었다. 그리고 양손을 내려다보았다. 너무 많이 힘을 줬는지, 마디마디마다 퍼렇게 멍이 들어 있었다. 그녀는 서서히 그 손을 자신의 얼굴에 가져갔다. 그리고 양손으로 자신의 눈을 가렸다.

"하아, 하아, 후우, 후우, 후, 후."

심호흡을 한 그녀는 양손을 내렸다.

우선, 탈출해야 한다.

아직 살아 있으니 최선을 다해야 한다.

그녀는 천천히 죽은 델라이에게 다가갔다. 그리고 그의 시신을 옮기기 위해서 들어 보았다. 축 늘어진 델라이의 시신은 조금도 움직일 기미를 보이지 않았다. 남성 시신의 무게는 여성이 도저히 손을 쓸 만한 것이 아니었다.

포트리아는 자신의 힘으론 그를 옮길 수 없다는 걸 깨닫곤 포기했다. 그리고 잠시 고민했다. 영리한 그녀의 머리는 곧 해답을 내놓았다. 그녀는 델라이가 앉아 있던 카우치 뒤로 갔다. 그리고 아래에 발을 대고 원심력을 이용해 양 끝을 눌렀다.

덜컹.

그러자 델라이의 몸과 함께, 카우치가 반쯤 들렸다. 포트리아
는 온몸에 힘을 주고 반쯤 들린 그 카우치를 질질 끌기 시작했다.

득득득, 쿵.

얼마 못 가 손에서 힘이 빠져 버려 카우치가 내려앉았다.
포트리아는 마구 떨리는 두 눈으로 문 쪽을 바라보았다.

쏴아아.

쏴아아.

다행히 비가 내리는 소리 외에 아무 소리도 들리지 않았다.

그녀는 다시 카우치를 반쯤 들었다. 그리고 질질 끌어 옮겼
다. 그렇게 다섯 번을 반복하고서야, 그녀는 겨우 시신을 침상
까지 데려올 수 있었다. 그녀는 전신에서 고통을 느꼈지만, 아
랑곳하지 않고 힘을 주어 시신을 들었다. 그리고 침대에 아무
렇게나 던져 넣었다. 하지만 무거운 시신이 제대로 던져질 리
만무했다. 시신은 침대 위에 있는 것도 아래 있는 것도 아닌
이상한 모양새가 되었다.

포트리아는 바닥에 닿은 그의 발을 하나씩 들어, 시신을 완
전히 침대 위에 올려놓았다.

"하아, 하아, 하아."

이마의 땀을 훔친 그녀는 그 카우치를 다시 들고 원래대로
가져다 두었다.

댕그랑.

카우치가 있었던 자리에 무언가가 포트리아의 발에 차였다. 포트리아의 시선이 그것에 꽂혔다.

우르르 쾅쾅.

벼락이 비춘 그것은 왕관이다.

"증거가 필요하다고 했지, 빌어먹을 놈. 네가 이걸 보고도 여전히 미적지근하게 나올 수 있는지 한번 보자. 델라이 왕만이 가질 수 있는 유니크한 아티팩트니 이것을 보고도 증거가 될 수 없다 하지 못하겠지. 노마나존을 일으키는 걸 보여 주면 그땐 절대로 부정할 수……"

잠깐.

델라이에게 시간은 충분했다.

델라이가 즉사저주 갱신을 미룬 건 전쟁 전.

지금 여기서 만날 때까지, 적어도 그에겐 서너 시간은 있었다.

그동안 즉사저주를 갱신하지 않았다?

가능성이 낮다.

포트리아는 미약한 빛을 내는 왕관의 보석을 물끄러미 바라보며 중얼거렸다.

"노마나존. 이것 때문에 즉사저주가 발동하지 않는 걸 수도 있어. 이 영향에서 벗어나면 아마도… 이것의 지속시간은 얼마나 되는 거지?"

포트리아는 숨이 턱 막히는 것을 느꼈다. 하지만 이미 한 번 버린 목숨. 그녀는 눈을 감고 다시금 마음을 다잡더니, 왕관을 품속에 넣었다. 하지만 어떻게 넣어도 겉으로 티가 났다. 군복에는 충분한 여유 공간이 없었기 때문이다.

그녀는 자신이 버려 두었던 군복 외투를 집어 들었다. 이곳저곳에 델라이의 몸에서 나온 분비물이 묻어 있었다. 그녀는 인상을 팍 쓰고는 아직 남아 있는 와인병을 들었다. 그리고 와인을 뿌려 얼룩과 무늬를 지워 나갔다.

어느 정도 닦아 내자, 그녀는 외투를 착용했다. 그리고 그 주머니에 왕관을 넣었다. 그리고 한쪽에 있는 거울로 자신의 모습을 체크해 보았다.

우르르 쾅쾅—!

번개에 비친 그녀의 모습에 이상한 점은 없었다.

왕관 보석의 미약한 빛도 다행히 두터운 외투에 가려 보이지 않았다.

외투에 묻은 와인 자국들도 취한 델라이를 부축하느라 생긴 것쯤으로 치부할 수 있을 정도였다.

그녀는 촛불에 의지해서 흐트러진 복장 하나하나를 점검했다. 머리부터 발끝까지 다시금 정결하게 맞췄다. 그리고 평소 그대로의 모습으로 걸음을 옮겨 밖으로 나갔다.

복도에는 아무도 없었다.

그녀는 문을 조용히 닫고는, 아까 걸어왔던 식당 쪽으로 걸어갔다.

식당에는 머혼과 로튼이 있었다. 머혼은 따분한 듯 자리에 몸을 늘어뜨린 채, 졸린 눈을 억지로 뜨기 위해 노력하고 있었고, 로튼은 그의 옆에 선 채로 가만히 그를 지키고 있었다.

그의 허리에는 검집도 없는 검 하나가 매달려 있었다.

포트리아가 다가오자, 로튼이 먼저 포트리아를 발견하고 말했다.

"포트리아 백작님."

슬롯과 동등하거나 그 이상이라 말하는 델라이 최강의 기사.

그가 검을 뽑아 휘두른다면, 한 번이라도 피할 수 있을까?

포트리아가 아무런 말을 하지 않자, 머혼이 그녀에게 말했다.

"좋은 검이지요?"

"예?"

포트리아가 놀란 눈으로 머혼을 보자, 머혼이 손바닥으로 로튼의 검을 가리키며 말했다.

"로튼의 검 말입니다. 무인이신 포트리아 백작께서 시선을 떼지 못하는 것을 보니, 꽤나 인상 깊나 봅니다."

포트리아는 고개를 끄덕이며 말했다.

"검집이 없는 게 특이하긴 합니다."

로튼이 말했다.

"방금 수선을 맡겼습니다."

포트리아가 손을 내밀며 말했다.

"혹시 한번 구경해 봐도 되겠습니까?"

로튼은 고개를 끄덕인 뒤, 그의 아밍소드를 넘겼다. 포트리아는 손가락으로 검신을 두 번씩 쓸면서 눈을 감고 그 감촉을 느껴 보더니, 곧 로튼에게 그것을 돌려 주었다.

"많이 베셨군요."

"쓰다 보니……."

"검이 주인의 손에 완전히 익은 것 같습니다. 역시 주인의 대단한 명성에 걸맞는 검답습니다."

"과찬이십니다."

머혼은 상 위에 팔을 얹고 자리에서 반쯤 일어나더니, 포트리아 앞에 있던 의자의 등받이를 슬쩍 밀어 보이곤 다시 자리에 앉았다.

"그렇게 서 있지 말고 앉으시지요, 포트리아 백작. 그나저나 왕께서 많이 취하시긴 하셨나 봅니다."

그의 눈길은 포트리아의 외투를 훑고 있었다. 포트리아는 팔과 다리 끝에서부터 올라오는 은은한 긴장감을 떨쳐 버리며 태연하게 대답했다.

"예, 전혀 몸을 가누지 못하셔서 침상까지 부축하느라 어려웠습니다."

"그러셨군요. 고생하셨습니다."

포트리아는 고개를 한 번 끄덕여 보인 뒤에, 반쯤 나온 의

자를 잡고 다시 안으로 넣으면서 말했다.

"제가 앉을 필요는 없을 듯합니다. 머혼 백작님께서 무슨 말을 하실지 압니다. 그리고 다 수긍합니다."

머혼은 의외라는 듯 물었다.

"수긍이요?"

"예. 전 패배했습니다. 아무리 전하를 설득하려고 해도 안 되더군요. 전하께서는 당신을 충신으로 믿고 있습니다. 전 결국 신하입니다. 전하의 뜻이 그렇다면 그런 것이겠지요."

"……"

"게다가, 어차피 머혼 백작님께서 델라이를 망치려고 한다고 생각하지 않습니다. 실제로 사왕국 중에서 가장 열세였던 델라이를 제국이 위기감을 느낄 만큼 성장시킨 것도 머혼 백작님이지요."

"……"

"이젠 인정하려고 합니다. 나가서 흑기사를 물러가게 하겠습니다. 그러니, 전하를 왕궁으로 복귀시켜 주십시오."

"……"

"왜 그리 쳐다보십니까?"

머혼은 어깨를 한번 들썩였다.

"완전히 설득하려는 데 적어도 한 시간, 아니, 두 시간은 걸릴 줄 알았는데 이렇게 쉽게 납득하니까 뭔가 허무해서요."

"백작님께서 말씀하신 대로 진실을 봐 버린 것이지요."

"흐음."

"가겠습니다, 그럼."

포트리아가 몸을 돌리려 하자 머혼이 그녀에게 말했다.

"잠깐."

머혼은 자리에서 일어났다. 그리고 서서히 그녀에게로 다가왔다.

와인병이라도 깨서 유리 조각이라도 가져올걸.

그러면 로튼이 검을 휘두르기 전에 머혼을 죽일 기회라도 있었을 텐데.

포트리아는 고개를 돌렸다.

그리고 아무렇지도 않게 말했다.

"예."

머혼은 그녀를 뚫어지게 노려보다가, 손 하나를 뻗었다.

그리고 그녀의 어깨 위에 올려놓았다.

"개인적으로 전 당신을 존경합니다, 포트리아 백작. 이 세상에는 당신처럼 고결한 사람이 거의 없지요. 단언컨대, 지금까지 당신만큼 마음을 얻기 어려운 사람은 없었습니다."

"……."

"그래서 더욱 빛납니다. 앞으로 델라이를 꾸려 나가는 데 있어서, 정말 큰일을 해내야 할 것입니다."

포트리아는 입술을 살짝 비틀었지만 나지막하게 말했다.

"현실을 납득한 것이지, 당신을 섬기겠다고 한 적은 없었습니다. 그럼 돌아가겠습니다. 내일 왕궁에서 뵙지요, 머혼 백작."

머혼은 얼굴에 희미한 미소를 띠며 고개를 끄덕였다.

"그럼 편히 돌아가시지요, 포트리아 백작. 아, 폭우가 쏟아지니 조심하시고요."

포트리아는 몸을 돌려 저택의 대문으로 이어진 식당의 문으로 걸어갔다.

뚜벅.

뚜벅.

뚜벅.

뚜벅.

쿵. 쿵. 쿵. 쿵.

네 걸음 정도 걸었을 때, 뒤에서 누군가 갑자기 뛰어가는 소리가 들렸다.

그리고 그 발소리는 그녀가 아까 나왔던, 귀빈실로 이어지는 문으로 향하고 있었다. 누군가 분명 왕을 확인하러 가는 것인데, 하필 포트리아와 정반대 방향이라, 그녀는 머혼과 로튼 중 누가 뛰어갔는지는 알 수 없었다.

두근.

두근.

포트리아는 폭발할 것 같은 맥박 소리에도 태연하게 걸음을 내디뎠다.

나간 사람이 누굴까?

로튼일까?

그러면 뒤에 머혼 홀로 있는 것인데?

바로 그의 목을 꺾어 버릴까?

혹시 머혼이 나간 거라면?

지금 뒤에 로튼이 있는 거라면?

뒤돌았을 때, 수상함을 느끼면?

포트리아는 결국 몸을 돌리지 않았다.

그렇게 처음과 동일한 발걸음으로 끝까지 걸은 그녀는 저택의 대문으로 통하는 식당 문을 열고 식당에서 나가 그 문을 닫았다. 그 짧은 순간에 포트리아는 문이 닫히는 그 틈 사이로 식당 안을 보았다.

우르르 쾅쾅—!

번개에 비친 머혼은 맹수의 눈빛을 한 채로 그녀를 지켜보고 있었다.

쿵.

문이 닫혔다.

포트리아가 앞을 보니, 저 멀리 저택의 대문이 보였다.

달릴까?

걸을까?

저택 안에선 달릴 수 있어도, 밖에 있는 머혼 기사단들 앞에서는 달릴 수 없다.

행여나 달리는 모습을 들키기라도 하면, 의심을 받을 게 뻔하다.

그럼 느리게, 천천히, 여유롭게 걸어 나갈까?

그러다가, 왕이 죽었다는 것을 확인한 로튼이 오면?

과연 천천히 걸어서 로튼에게 따라잡히기 전에 흑기사단에게까지 갈 수 있을까?

거리를 생각해 보면 천천히 걸어선, 저택을 나가는 것도 쉽지 않을 것 같다.

아니다.

아니야.

달리는 것도, 걷는 것도 답이 아니야.

그녀는 대문 쪽을 보지 않고 왼쪽 옆을 보았다.

왼쪽으로는 또 다른 복도 하나가 쭉 이어져 있었다.

그녀는 기억을 뒤져, 그곳 끝에 서재가 있다는 것을 떠올렸다.

과거 그곳에서 한슨을 자주 가르쳤었다.

그녀는 더 생각하지 않고 몸을 틀어서 그 복도 쪽으로 내달렸다.

탁.

탁.

탁.

빠르게 달려 서재 앞에 도착한 그녀는 그 문을 열었다.

안은 마법등에 의해서 매우 밝았다.

덜컹.

정확히 그때, 식당의 문이 벌컥 열리면서 로튼이 대문 쪽으로 순식간에 뛰어갔다. 델라이가 죽은 것을 확인하고 포트리아를 잡기 위함이 분명했다.

포트리아는 그를 보곤 심장이 떨어지는 듯했지만, 로튼은 매우 급히 앞으로 뛰어가는 터라 왼쪽을 볼 생각을 하지 못했다. 만약 고개를 살짝 돌리기만 했다면, 로튼과 포트리아는 눈을 마주쳤을 것이다.

포트리아는 마른침을 삼키며 조용히 서재 안으로 들어갔다.

그러자 밝디밝았던 서재의 마법등이 한순간에 꺼졌다.

스릉.

서재 안에서 날카로운 쇳소리가 나자, 포트리아는 서재의 문을 마저 닫고는 말했다.

"로드 한슨, 로드 한슨, 나입니다. 포트리아 백작."

쇳소리는 더 이상 나지 않았다.

솨아아.

솨아아.

어둠은 곧 빗소리로 가득 찼다.

곧 한 남자의 목소리가 울렸다.

"마법등이 꺼진 건 포트리아 백작이 한 짓입니까?"

포트리아는 그 목소리가 들린 쪽을 바라보았다. 하지만 어둠밖에 없었다.

"제가 한 건 아닙니다. 아마도, 왕관이 한 것 같습니다."

"왕관?"

"예, 예. 주변의 마법이 사라지지요. 아무튼, 그 다른 종류의 불은 없습니까? 마법을 기반으로 한 것 말고요."

"흐음."

한쪽에서 부스럭거리는 소리가 연속적으로 들려왔다. 포트리아가 인내심을 가지고 기다리자, 어둠 속에서 화르륵 하고 불씨하나가 솟아올랐다. 한슨은 그 불쏘시개를 랜턴 안에 넣었고 기름을 만난 불은 전과 확연한 차이를 보이며 크게 타올랐다.

탁.

한슨은 랜턴의 쪽문을 닫고 얼굴 높이로 들어 올렸다. 그리고 포트리아 쪽으로 뻗어 보았다. 그것은 꽤나 밝은 불이었지만, 서재 전체를 밝히기에는 무리가 있어, 포트리아와 한슨 사이만 은은하게 밝아졌다.

한슨은 오른쪽 귀에 걸친 단안경을 벗으며 물었다.

"그 왕관은 왜 가지고 계십니까? 그리고 그 옷은 뭐고요? 설마 피가 묻은 겁니까?"

"피가 아니라 와인입니다. 하지만 피가 묻은 셈 치지요. 와인으로 닦아 낸 것이니."

"예?"

한슨이 얼굴을 찡그리자, 포트리아는 잠시 생각하더니 조용히 말을 시작했다.

"왕을 죽였습니다."

"……."

"머혼 백작에게 그 누명을 씌우고자 합니다만, 그렇게 하기 위해선 먼저 이 저택에서 빠져나가야 합니다. 그리고 아마 로드 한슨의 도움이 없다면 불가능하겠지요."

랜턴을 들어 올린 한슨의 손이 내려갔다. 때문에 한슨의 표정은 어둠에 삼켜져 잘 보이지 않게 되었다.

한슨은 그렇게 가만히 서 있다가, 곧 그 랜턴을 옆에 있던 상 위에 올려놓았다.

그가 말했다.

"왕을 죽였다고요?"

"예, 그래서 탈출해야 합니다."

한슨은 기가 찬다는 듯 말했다.

"그리고 거기에 내 도움이 필요하다는 것이지요?"

"아까 전에 그런 의미로 말씀하시지 않았습니까, 도움이 필요하면 서재로 오라고."

"말했지요. 근데 그게 왕을 죽이고 도망가는 것을 도와주겠다는 뜻으로 들렸습니까? 참 나, 그냥 꿈꾸는 것 같네."

우르르 쾅쾅—!

때마침 떨어진 벼락으로 인해 포트리아와 한슨은 서로의 얼굴을 볼 수 있었다.

한슨과 포트리아, 둘 모두 표정이 진지하기 이를 데 없었다.

포트리아가 말했다.

"머혼 백작은 전하의 마음을 완전히 얻었습니다. 제가 만난 그는 델라이의 왕이 아니라, 그저 머혼 백작의 꼭두각시였죠. 전하께서 살아 있었다면, 머혼 백작은 델라이 전체를 집어삼켰을 겁니다."

"왕을 죽인다고 그게 달라집니까? 오히려 아버지를 도와주는 거지."

"그나마 낫지요. 왕세자는 머저리지만, 누구의 꼭두각시가 될 사람은 아니니까요. 오히려 머혼 백작의 저택에서 자신의 아버지가 죽은 것을 빌미 삼아서 머혼의 세력을 약화시키려 할 겁니다. 머저리라서요."

"하지만 그런다고 아버지를 이기겠어요? 나 이래 봬도 왕세자랑 수도 뒷골목에서 자주 놀았습니다, 예? 그 자식을 창녀 소굴에 처음 데려간 것도 나지요. 나만큼 그놈을 잘 아는 사람도 없습니다. 그래서 압니다. 그놈은 아버지 상대로 한 달도 못 버틸걸요."

"그래서 제가 탈출해야 합니다. 그래야 그나마 희망이 있습니다. 머혼 백작이 이대로 편안하게 델라이를 지배하게 된다면, 당신의 미래도 불 보듯 뻔해지지 않습니까?"

"……."

"나와 손을 잡읍시다, 로드 한슨. 머혼 백작은 당신을 상속자란 자리에 앉혀 놓았지만, 절대로 당신에게 백작의 자리를 물려줄 생각이 없습니다. 레이디 아시스가 상속자 자리를 얻기 위해 당신을 죽이려 한다면 절대 말리지 않고 그냥 둘 겁니다. 하지만 반대로 당신이 레이디 아시스를 죽이려 한다면 필사적으로 막아서겠지요. 당신은 머혼 백작이 죽어야 해요. 그래야 살아남을 수 있습니다."

"저희 집안 사정을 잘 아시나 보네요, 포트리아 백작."

"머혼 백작이 나를 가까이 두고 가늠할 때, 나도 머혼 백작을 가까이 두고 가늠했습니다. 당신이 훗날 머혼 백작을 향한 칼날이 될 것을 알았지요."

한슨은 이해했다는 듯 피식 웃었다.

"아, 그래서 날 군부에 들이지 않은 겁니까?"

"당시에 당신이 제 아랫사람이 되었다면, 머혼 백작은 일찌감치 당신을 경계할 것이고, 당신은 제게 쓸모없는 자가 되었을 겁니다."

"……."

"지금에서야말로 로드 한슨께서는 제게 유용하지요. 지금 당신이 아버지께 칼을 겨누어야 그 칼이 닿을 수 있습니다."

한슨은 머리를 긁적거리더니 말했다.

"혹은 포트리아 당신을 쳐 죽이고 머리를 가져다주면 말입니다. 진정으로 상속자로 인정해 줄지 모르지 않습니까?"

"인정하지 않을 겁니다. 당신은 절대 그의 인정을 받을 수 없습니다. 당신은 당신의 손으로 그를 죽여야만 백작이 될 수 있습니다."

"왜요? 왜 꼭 그런 겁니까?"

"그는 당신을 사랑하지만, 아시스를 더 사랑하기 때문입니다. 그리고 그걸 당신도 잘 아시지요."

"……"

"최근에 실패하셨지요?"

한슨은 입술을 비틀었다.

"흥. 그 암살 시도는 실패가 아닙니다. 그저 떠본 것이지요. 죽일 생각은 애초부터 없었습니다."

"압니다. 제 말은 도발 자체가 실패하셨다는 말입니다. 그런 엄청난 일이 있었음에도, 이 저택에 변한 건 단 하나도 없었지요. 마치 모든 위협이 끝난 것처럼 말이죠."

포트리아의 잔인한 선포에 한슨은 한숨을 쉬었다.

"예, 예, 실패했습니다. 됐습니까? 당신까지 알 정도면 아버지도 제가 한 짓인 걸 알았겠군요."

"그럴 것입니다. 그리고 머혼 백작이 가만히 있는 건 어찌 보면 바쁜 와중이기 때문일 수도 있습니다. 사태가 진정되고 마음의 여유를 되찾으면 당신을 향한 처벌을 다시금 생각할 수도 있지요."

"……."

"로드 한슨."

"왜요?"

"탈출을 도와주시지요. 당신은 그것만 해 주시면 됩니다. 그러면 당신의 아버지는 제가 무너뜨리겠습니다. 레이디 아시스도 마찬가지. 당신은 적절한 때에 왕세자께 충성을 보이시면 됩니다. 그러면 머혼은 당신의 이름이 될 겁니다."

"……."

"제 제안을 받아 주시겠습니까? 언제 기사들이 들이닥칠지 모르니 신속히 결정하셔야 합니다."

한슨은 가만히 그녀를 노려보았다.

그러다가 손을 뻗었다.

"그 군복 외투. 증거로 그것을 줘요."

"예?"

"당신이 왕을 시해했다는 증거를 달란 말입니다. 거기 왕의 피가 묻은 거 아닙니까? 와인으로 닦아 냈다고 해도 마법으로 어떻게든 증명이 되겠지요. 그니까 그거 달라고요. 신뢰의 뜻으로 말입니다."

포트리아는 잠시 고민했지만, 그녀에게 별다른 수가 없었다.

과연 아직도 델라이의 체액이 남아 있을까?

와인으로 완벽히 닦이지 않았다면, 그게 어떤 마법에 의해서 증거가 될 수 있긴 할까?

모든 것은 미지수다.

포트리아는 외투 주머니에서 왕관을 빼고 다른 한 손으로 군복 외투를 내주었다. 한슨이 그것을 보며 나지막하게 말했다.

"그게 왕관이군요."

"이건 탐내지 마십시오. 이 왕관을 들고 가야, 머혼 백작이 왕을 시해했다는 걸 믿어 줄 것입니다."

"흐음."

한슨은 왕관에 눈을 고정한 채로 군복 외투를 받아 들더니, 곧 어둠 한구석으로 사라졌다. 그가 다시 밝은 곳으로 왔을 때는 그의 손에 군복 외투가 없었다.

그는 문 쪽으로 걸어가며 말했다.

"절 따라오시지요. 저택을 빠져나가는 방법은 누구보다 잘 알고 있으니까. 폭우가 쏟아지니, 발소리를 그리 조심하지 않아도 될 겁니다."

그는 그렇게 말한 뒤에, 포트리아를 지나 서재의 문을 살짝 열었다. 그리고 복도를 확인한 뒤에, 앞장서서 걷기 시작했다.

포트리아는 조용히 그의 뒤를 따랐다.

그들은 그렇게 복도를 걸었다. 몇 번이고 하녀나 기사들을 마주칠 뻔했지만, 그때마다 한슨의 인도에 따라서 움직이니 모두를 귀신같이 피해 다닐 수 있었다.

시간이 지나면 지날수록 저택 안이 분주해지기 시작했다. 노골적으로 포트리아를 찾아다니는 것처럼 보이는 기사들도 보이기 시작했다. 포트리아는 초조했지만, 그럼에도 불구하고 한슨은 여유롭게 그녀를 인도해, 저택 뒤쪽에 있는 은밀한 구멍까지 안내했다.

끼이익.

외문이 열리고 포트리아가 밖으로 나갔다. 한슨은 그 문 밖으로 나가지 않으며 말했다.

"저기 저 구멍으로 나가면 숲이 나옵니다. 그곳으로 가서 조금 돌아가시면 흑기사들에게로 갈수 있을 겁니다. 어릴 적에 저택 밖으로 몰래 나가려고 자주 이용했던 구멍이지요."

포트리아는 고개를 끄덕이곤 말했다.

"알겠습니다. 감사합니다. 거래는 잊지 않을 것입니다."

한슨은 한쪽 입꼬리를 올렸다.

"이게 잘하는 짓인지 모르겠습니다. 하아, 그럼 잘 가시지요. 행운을 빕니다."

그는 그렇게 말한 후 문을 닫아 버렸다.

쏴아아.

쏴아아.

폭우 속에서 포트리아는 눈을 감고 하늘을 올려다보았다.

하지만 감상에 젖을 시간이 없다.

그녀는 몸을 돌려 한슨이 말한 구멍에 들어가기 위해서 몸을 숙였다.

개나 드나들 법한 그 작은 구멍에는 벌써 흙탕물이 조금차 있었다.

포트리아는 몸을 잔뜩 웅크려서 그 속을 기어가기 시작했다.

"크흑, 크흠, 흑."

그녀는 자신의 입에서 나오는 소리를 막고 싶었다. 하지만 턱이 떨리면서 입가 사이사이로 소리가 삐져나왔다.

"흐흡, 흑, 크흑."

그녀는 한 손을 들어서 입을 막았다. 하지만 그런 상태로 그 작은 구멍 안을 기어갈 수는 없다.

"크흑, 흑, 흑."

결국 그녀는 입에서 손을 뗄 수밖에 없었고, 때문에 자신의 울음소리를 들을 수밖에 없었다.

第五十九章

운정은 운기조식 후에 시르퀸과 카이랄을 기다리기 위해서
중앙 정원으로 향했다. 사무조는 그를 더 설득해 보려고 했지
만, 그는 좀 더 생각할 시간이 필요하다는 말을 남긴 뒤 귀빈
실을 나섰다.

왕궁은 한산했다. 다만 가끔 병사들로 보이는 자들이 이리
저리 바쁘게 뛰어다닐 뿐이었다. 창밖에는 폭우가 쏟아지면서
천둥이 울리고 벼락이 쳤지만, 궁전 안은 비가 오지 않을 때
와 똑같았다. 건물 설계 때문인지 아니면 마법의 힘 때문인지,
궁전 안은 날씨에 영향을 받지 않는 듯했다.

그는 복도에 있는 유리문을 열고 중앙 정원의 중심으로 갔다. 그곳엔 자신을 한슨이라 소개했던 테이머가 각종 동물들과 함께 그곳에 앉아 있었다.

한슨은 운정이 다가오는 것을 보곤 인사했다.

"안녕하십니까?"

"네. 친구들 때문에 폐가 되지 않았나 합니다."

운정도 포권을 취해 보이곤, 그의 앞에 갔다.

테이머는 자기 주변에 있는 동물들 중 호기심이 강한 애들부터 하나둘씩 운정에게 가는 것을 보았다. 물론 끝까지 그에게 남아 있는 애들도 있었지만, 그들의 시선조차 모두 운정에게 가 있었다.

한슨이 말했다.

"매번 느끼는 것이지만, 정말 신기합니다. 애들이 전혀 경계하지 않다니."

운정은 반쯤 앉아서 자신의 발밑에 온 동물들을 하나둘씩 쓰다듬어 주면서 나지막하게 말했다.

"선기의 영향 때문에 그런 듯합니다."

"선기(XianQi)? 그게 무엇입니까?"

운정의 손길이 잠시 멈췄다. 그러다 다시금 그의 손이 움직였다.

"글쎄요. 뭐라고 표현해야 할까요. 흐음, 마나의 한 종류라고 볼 수 있는데, 또 그렇게만 생각하긴 어렵습니다. 무공에 관한 용어를 쓰지 않고 설명하기 어렵군요."

"그렇습니까?"

한슨이 조금 실망한 듯하자, 운정이 부드럽게 말했다.

"원한다면 알려 드리겠습니다."

한슨의 얼굴이 조금 밝아졌다.

"아이들이 좋아하는 것을 배울 수만 있다면 얼마나 시간이 걸린다고 해도 상관없습니다. 다만 감히 도사님의 시간을 빼앗는 것 같아서……."

"전혀요. 저도 어차피 친우들을 기다리는 중이니 그때까지는 이야기할 수 있습니다."

"아, 그 전하와 백작님과 함께한 엘프들을 말씀하시는 것이로군요."

"그렇지요. 저쪽에 가서 앉을까요?"

운정은 땅 위로 굵게 튀어나온 나무뿌리를 가리켰고, 한슨은 기쁜 표정으로 고개를 끄덕였다.

"네, 좋습니다. 아, 이럴 게 아니지. 잠시 거기서 기다려 보세요."

그렇게 말한 한슨은 한쪽으로 사라졌다. 운정은 그의 말대로 그 나무뿌리 위에 앉아 있으니 한슨이 사라졌던 곳에서 다시 나타났다.

그의 손에는 탐스러운 붉은빛을 머금은 과일 하나가 있었다.

"이거 한번 드셔 보시지요."

"과일입니까?"

한슨은 운정 옆으로 와서 같은 나무뿌리 위에 앉으며 그 과일을 주었다.

"예, 중앙 정원의 나무들 중 인간이 먹을 수 있는 과실을 내는 게 몇 안 되는데, 그중에서도 정말 귀한 것입니다. 원래는 왕께만 진상하는 것인데, 어차피 흉흉한 시기이니, 이를 지키는 것도 의미가 없겠지요."

"흉흉한 시기라. 그러고 보니 왕이 왕궁을 떠날 정도면 심각한 상황이긴 하겠습니다."

한슨은 그 과일을 운정에게 더 내밀며 말했다.

"도사께서 주실 가르침에 제가 보답할 수 있는 것이 없으니, 이것이라도 꼭 받아 주었으면 합니다."

"괜찮겠습니까? 정말로 귀한 것인 것 같은데."

한슨은 강권했다.

"꼭 드셔 주십시오! 부탁드립니다!"

운정은 마지못해 포권을 취했다.

"그렇다면 사양하지 않고 감사히 먹겠습니다."

그는 그 과일을 들어 한 입 베어 먹었다. 달콤한 과즙이 식도를 타고 내려가니, 실로 말할 수 없는 쾌감이 짜릿하게 느껴졌다.

한슨은 기대하는 표정으로 물었다.

"어떻습니까? 맛있지 않습니까?"

식감도 매우 부드러워서 씹기에도 좋았다. 운정은 고개를 끄덕이며 말했다.

"예, 중원에서 먹은 어떠한 과일보다 맛있는 듯합니다."

"다른 차원에서 오신 분의 입맛에도 맞을 줄이야. 역시 대단하군요."

운정은 자신이 베어 먹은 과일을 내려다보며 말했다.

"뭐라고 부릅니까?"

"로얄조이(Loyal Joy)라고 합니다."

"로얄조이……."

"원래 남쪽에서 자라는 과일나무인데, 정말 맛이 좋아서 그런 이름이 붙은 것이라고도 하고 황제만 먹을 수 있는 과일이라 그런 이름이 붙은 것이라고도 합니다. 개체수가 얼마 없어 멸종 직전이기에, 황제가 아닌 사람이 먹으면 처벌을 받을 정도이지요."

"아, 그렇습니까? 그럼 중앙 정원에서 기르는 것도 제국의 황제 몰래 기르는 것이겠습니다."

한슨은 미소를 지으며 고개를 두어 번 끄덕였다.

"그렇습니다. 가끔 과실이 열리면 전하께 은밀하게 보고하는데, 그때마다 전하께서 한밤중에 몰래 이곳에 와서 드시곤 하십니다."

"정말 귀한 것이로군요."

"하지만 재밌는 점은, 그 맛 때문에 멸종 직전까지 이르게 된 것입니다."

운정이 의아하다는 듯 물었다

"맛 때문에요?"

한슨은 손가락으로 운정이 손에 들고 있던 과일의 안쪽을 가리켰다.

"그 과일 안쪽, 거기 있는 씨앗이 보이십니까?"

운정이 안을 보니, 과일 중심축에는 흰색의 동그란 씨앗이 있었다.

"예, 보입니다."

"로얄조이는 그 과일 자체로도 다른 과일과 비교할 수 없는 맛을 선사하지만, 그 안의 씨앗은 비현실적인 천국의 맛을 가지고 있습니다. 그것을 먹으면 한동안은 이 세상의 그 어떠한 음식도 먹고 싶어지지 않을 정도라 합니다. 그래서 그 씨앗의 맛을 알게 되면, 이 열매를 앞에 두곤 절대로 참을 수 없게 된다고 합니다."

"흐음."

"애초에 잘 나지도 않을뿐더러, 기르기도 쉽지 않은 나무라 가뜩이나 번식이 어려운데, 씨앗까지 나오는 족족 먹어 버리니 진작 멸종하지 않은 게 이상하지요. 사람도 자제하기 어려우니, 동물이나 몬스터가 한 번 먹었다가는 그 일대 모든 열매를 먹어 치울 때까지 멈추질 않습니다."

"하하, 씨앗이 맛이 좋아 멸종위기라니… 파인랜드에는 신기한 것이 정말 많군요."

한슨은 운정이 베어 먹은 그 사이로 엿보이는 씨앗에 시선을 고정하며 말했다.

"저도 궁금하긴 합니다. 도대체 어떤 맛이기에 그런 말들이 있는지 말입니다."

운정이 말했다.

"아직까지 먹어 보지 않으셨군요."

"한 번이라도 먹었다가는 열매를 맺을 때마다 제가 다 먹어 버렸을 겁니다. 그리고 대노한 전하께 목숨을 잃었겠지요. 항상 궁금하긴 하지만, 호기심이 제 생명보다 귀하진 않습니다."

"……."

"왜 그러십니까?"

운정은 씨앗을 남겨 두고 다른 부분을 먹으며 말했다.

"방금 저도 순간적으로 먹어 볼까 생각했습니다. 무공은 익히면 익힐수록 마음과 정신이 깊어져서 욕구와 욕망에 쉽사리 흔들리지 않습니다. 때문에 이 씨앗이 가진 유혹의 힘을 혹시 이겨 낼 수 있진 않을까 했습니다."

"아, 도사님이라면 분명 이겨 내실 수 있을 듯합니다."

운정은 잠시 고민했지만, 과일의 남은 부분만 먹더니 말했다.

"하지만 먹는 것 자체가 진 것 아니겠습니까?"

"예?"

그는 남은 부분을 모두 먹어 씨앗만 남기면서 말했다.

"이 씨앗을 먹어도 유혹에 시달리지 않을 자신이 있을까 궁금하여 이 씨앗을 먹는다면, 이미 그 궁금증을 이기지 못한 것입니다. 이미 욕심에 진 것이지요. 그러니 이것을 진정으로 이겨 낼 수 있는 사람은 애초에 이 씨앗을 먹어 보고 싶다는 욕구에도 흔들리지 말아야 합니다."

"흐음……."

운정은 이제 씨앗만 남은 그것을 한슨에게 건넸다.

"이건 제게 필요 없습니다. 맛 좋은 과실에 만족하겠습니다. 감사합니다."

한슨은 그 씨앗을 가만히 보다가 물었다.

"하지만 욕구와 호기심은 다른 것 아닙니까?"

운정도 시선을 그 씨앗에 두며 되물었다.

"결국 무언가를 갈구한다는 점에서 같지 않습니까?"

한슨은 여전히 씨앗을 잡을 생각을 하지 않고 눈으로 보기만 하며 말했다.

"예. 그렇긴 합니다만, 욕구와 호기심은 조금 다릅니다. 동물들만 보아도 알 수 있지요."

운정은 눈을 들어 한슨을 보았다. 이제 보니 한슨의 두 눈은 씨앗 쪽을 향하고 있었지만, 씨앗보다는 한참 더 먼 곳에 초점이 맞춰져 있었다.

운정이 물었다.

"어떻게요?"

한슨은 거침없이 말했다.

"동물은 철저하게 본능을 따릅니다. 하지만 동시에 강한 호기심을 가지고 있습니다. 자신의 생명에 위해가 될 가능성이 있음에도 이것저것 시도해 보지요. 욕구는 생존을 목적으로 하는 것 같지만 호기심은 조금 다르다고 생각합니다."

운정은 찬찬히 그 말을 반박해 보았다.

"호기심도 결국 생명본능에 의거한 것 아니겠습니까? 단지 개인적인 생존 본능이라기보단 집단적인 생존 본능인 것입니다. 한 무리 중에 호기심이 강한 개체가 이것저것을 시도하다 보면, 무엇이 위험한 것인지, 무엇이 안전한 것이지 점차 그 무리가 학습하게 됩니다. 그로 인해서 지식이 늘어 더욱 번성하게 됩니다."

"물론 그렇습니다만, 그게 맞다면 오로지 무리를 이루는 생물에서만 호기심이 발견되어야 합니다. 하지만 호기심은 무리를 이루지 않는 생물들에게도 쉽게 찾아볼 수 있는 겁니다. 무리를 이루지 않으면 집단적인 생존 본능이 필요가 없는데, 왜 그들에게도 호기심이 있는 것일까요?"

"……"

"게다가 모든 생물은 어릴수록 호기심이 많지요. 만약 운정 도사님의 이론대로라면, 나이가 많을수록 호기심이 많아야 정상이 아닐까요? 수명이 얼마 남지 않은 개체가 실험대에 오르는 것이, 앞으로 살날이 많은 개체보다는 전체를 위해서 좋지 않습니까?"

운정은 아무런 말도 할 수 없었다. 그가 아무리 이것저것 배운 것이 많다 한들, 동물과 함께 평생을 보낸 한슨보다 동물에 대해서 더 잘 알 수는 없기 때문이다.

한슨은 운정이 아무런 말을 하지 않자, 어느 순간 화들짝 놀라더니 곧 자신의 입을 가리면서 고개를 조아렸다.

"죄송합니다, 죄송합니다. 제가 주제넘었습니다. 용서하십시오."

연신 사과하는 그를 보며 운정이 부드럽게 말했다.

"아닙니다. 좋은 가르침에 감사합니다. 저도 한번 그 문제에 대해서 생각해 보겠습니다. 분명 제가 익히고 있는 무공에도 큰 깨달음이 될 듯합니다."

"……"

"정말 괜찮습니다. 그리고 이 씨앗은 제게 주지 않으셔도 됩니다."

한슨은 그 자리에서 벌떡 일어나 기어코 사양했다.

"아닙니다. 꼭, 꼭, 가져가 주세요. 제가 그걸 가지고 있어 봤자 결국 참지 못하고 먹어 버릴 겁니다. 오히려 도사께서 그것을 가지고 계신 것이 맞습니다. 혹시 모르지요, 중원에서 그 나무가 자랄 수도 있지 않겠습니까? 돌아가시면 그곳에서 한번 심어 봐 주세요. 그것이면 전 족합니다."

운정은 낮게 가라앉은 눈으로 한슨을 보았다.

한슨의 두 눈은 기본적으로 땅을 향해 있었지만, 수시로 움직이며 운정이 들고 있는 씨앗을 향하기 일쑤였다. 하지만 그때마다 그는 눈에 힘을 주어 다시 땅으로 눈길을 돌렸다.

속으로 끊임없는 싸움을 하고 있는 듯했다.

운정은 그 씨앗을 품속에 넣자 한슨의 표정이 한결 편해졌다.

운정이 자리에서 일어났다. 한슨이 올려다보자, 운정이 말했다.

"흉흉한 시기라고 하셨지요. 그래서 왕께만 진상하는 열매를 제게 주었다고. 제때 올리지 않으면 처형당할 수도 있는데, 그렇게 하신 걸 보면 이 나라가 무너질지도 모르는 위기겠습니다."

한슨은 입술을 살짝 깨물더니 말했다.

"네. 미티어 스트라이크라니, 아마 델라이는 멸망하겠지요."

운정은 고개를 갸웃했다.

"미티어 스트라이크? 그 별을 떨어트리는 마법 말입니까?"

한슨은 아차 하는 표정을 지었다.

"모, 모르셨습니까?"

"델라이의 위기가 닥쳤다는 것은 알았지만, 그게 미티어 스트라이크인지는 몰랐습니다."

"……."

"괜찮습니다. 어디에도 이야기하지 않겠습니다. 당신에게 들었다는 말도 하지 않을 겁니다."

한슨은 어쩔 줄 몰라 하며 말을 더듬었다.

"그, 그래 주시면 감사하겠습니다."

운정은 초조해하는 그를 물끄러미 보다가 툭하니 물었다.

"이곳은 왕도 버렸습니다. 하지만 당신은 떠날 생각이 없어 보입니다."

한슨은 조금 서글픈 표정을 지으면서 자신의 다리 쪽에 있던 여우같이 생긴 작은 동물의 머리를 쓰다듬었다.

"이 아이들은 파인랜드 각지에서 온 아이들입니다. 중앙 정원은 특별한 관리마법에 의해서 파인랜드에 존재하는 모든 환경을 재현하지요. 때문에 이 아이들이 이곳에 머물 수 있는 것입니다."

운정은 그가 하려는 말을 알 것 같았다.

"동물들은 중앙 정원을 떠날 수 없나 보군요. 당신 또한 이곳에 계속 남아 있으실 생각이십니까?"

"예. 전 이 아이들에게서 떠날 수 없습니다."

"……."

"어차피 제 삶은 이 아이들이 전부입니다. 이 아이들이 없다면, 제 삶도 없는 것이지요. 전 여기서 아이들과 함께 최후를 맞이하고자 합니다."

한슨이 그 동물을 쓰다듬자, 갑자기 다른 동물들이 너 나할 것 없이 그에게 몰려들었다. 마치 사랑을 질투하는 아이들 같았다. 한슨은 하나하나 정성스레 쓰다듬기 시작했고, 동물들은 기분 좋은 소리를 내었다.

운정이 말했다.

"제가 한번 알아보겠습니다. 다른 방법이 없는지."

한슨은 힘없는 미소를 지었다.

"미티어 스트라이크입니다. 아마 방도가 없을 겁니다. 혹 방금 전에 말한 가르침에 대해서 알려 주실 수 있습니까? 남은 시간 동안 아이들과 더 교감하고 싶습니다."

운정은 그를 물끄러미 보았다.

그러다가 툭하니 말했다.

"아예 제 제자가 되어 보시는 건 어떻습니까?"

한슨은 동그랗게 변한 눈으로 그를 올려다보았다.

"예? 제자요?"

운정은 고개를 끄덕였다.

"네. 단순히 몇 가지 가르침을 받는 것이 아니라 정식으로 제 제자가 되시지요. 제가 익힌 기술은 무공이라고 합니다.

중원의 것이지만, 이곳 파인랜드의 마법보다 더하면 더했지 뒤처지는 기술은 아니라고 생각합니다. 그러니 이것을 배우면 분명 앞으로 큰 도움이 되시리라 믿습니다."

한슨은 무슨 말을 해야 할지 몰라 눈알을 굴리며 양손을 가슴에 모으고 만지작거렸다.

"무, 무공이라면 중원의 무술 아닙니까? 제게 그것을 가르쳐 주시겠다는 말씀입니까? 동물들과 친하게 지낼 수 있는 그런 것이 아닌 것입니까?"

운정은 미소를 지으며 말했다.

"물론 선기를 다스리게 된다면, 동물들과도 더욱 깊은 교감을 나누실 수 있을 겁니다. 무공(WuGong)은 무술이 기본이 되긴 하지만, 자연에 대한 이해 또한 얻을 수 있는 종합적인 가르침이기 때문입니다."

한슨은 입술을 여러 차례 달싹이더니 말했다.

"하, 하지만, 전 무, 무술과는 전혀 인연이 없습니다. 그저 도, 동물들과 함께하고 싶을 뿐입니다. 그런 귀한 가르침은 무술에 재능이 있는 사람에게 가르쳐 주셔야 하는 것 아니겠습니까?"

"물론 그렇습니다만, 그보다 더 중요한 재능이 있습니다."

"더 중요한 재능?"

운정은 고개를 한번 끄덕였다.

"선한 마음입니다."

"……."

"제가 익힌 무공은 마선공(MoXianGong)이라고 합니다. 설명하자면 복잡하지만, 간단히 말해서 사람의 욕구와 양심의 조화로 힘을 얻습니다. 그중 욕구를 기반으로 힘을 얻는 것은 매우 쉬워 아무나 가능하지만, 양심으로부터 얻는 것은 어렵습니다. 선한 마음을 타고나지 않는다면 절대로 크게 성공할 수 없지요. 전 당신에게서 선한 마음을 보았습니다. 무엇보다도 가장 중요한 재능을 가지고 계시니, 다른 것은 서서히 채우면 그만입니다."

한슨은 운정이 하는 말 태반을 이해하지 못했지만 한 가지는 알 것 같았다. 그는 잠시 생각했다가 느릿하게 물었다.

"제게 선한 마음을 보셨다고요? 혹, 제가 동물들과 함께하려는 것 때문에 그렇게 생각하신 것입니까?"

"그런 부분도 있습니다."

한슨은 고개를 저었다.

"그것은 선한 마음에서 결정한 것이 아닙니다. 그저 이 아이들이 제 삶의 전부이기 때문에 그런 것입니다. 이 아이들이 없다면 어차피 살아도 의미가 없으니, 같이 죽겠다는 것뿐입니다. 그것에는 선도 악도 없습니다, 운정 도사님."

운정이 말했다.

"그런 생각을 하시기에, 더욱 선한 마음을 지니셨다고 생각합니다. 선한 마음은 끊임없이 자신의 선을 의심해야 합니다. 자신이 선이라 확신하면 그 순간부터 선은 사라지게 마련입니다."

"……."

"또한 오로지 그 결정 때문에 당신이 선한 마음을 가졌다고 말하는 건 아닙니다. 단지 당신이 기르고 보호한 그 동물들. 그 동물들 중 단 하나도 당신을 싫어하는 동물이 없습니다. 모두들 당신에게 사랑받는 것을 좋아하고, 또 당신을 사랑합니다. 그것만 놓고 보아도 이미 당신은 선한 사람입니다."

한슨은 고개를 저었다.

"아닙니다. 그저 제가 살 곳을 관리해 주고, 먹을 것을 주었기 때문입니다. 제가 아니고 누구라도 그렇게 했다면 그를 따랐을 겁니다."

"따르기는 하겠지요. 하지만 사랑하진 않았을 겁니다. 지금 이 아이들처럼."

"……."

운정은 부드러운 눈길로 한슨을 보았다.

"지금까지, 누구를 제자로 받아야 할지 많은 고민이 있었습니다. 다양한 사람들을 염두에 두고 항상 고심했습니다. 하지만 지금 당신만큼 확신이 드는 사람은 없었습니다. 제 제자가되어 주십시오. 제 마선공을 함께 익히고 또 신무당파를 함께건설해 나갔으면 합니다."

한슨은 운정의 눈을 도저히 마주치지 못하다가 곧 눈을 질 끈 감고 고개를 흔들었다.

"전 그, 그저 이 아이들과 더욱 교감하고 싶었습니다. 그래서 가르침을 받고자 한 것입니다. 하지만 그게 그런 거창한 것인지 몰랐습니다. 무공이라니요… 저, 전 자신이 없습니다. 로얄조이도 무언가 얻어 내기 위해서 드린 것이 아닙니다. 그저 아이들과 더 교감할 수 있는 지식을 전해 주신다기에 기뻐서 드린 겁니다. 설마 그게 무공일 줄은 몰랐습니다."

"걱정 마세요. 오해하지 않았습니다. 그러니 당신 또한 제 의도를 오해하지 말아 주십시오. 그저 그 과실에 보답하기 위해서 이런 제안을 하는 것이 아닙니다. 정말로 당신은 제가 보기에 누구보다도 마선공을 익힐 재능이 있으십니다."

한슨은 양손을 내저으며 말했다.

"전 나이도 많습니다. 지금까지 무술을 익혀 본 적도 없습니다. 사람은커녕 동물도 때려 본 적도 없어요. 그런 제가 어떻게 무술을 익힐 수 있겠습니까?"

"그 또한 걱정하실 것 없습니다. 신무당파는 무공 수위로 위아래를 결정하지 않습니다. 무공을 제대로 펼칠 수 없다고 하더라도, 인망이 있으시면 존중을 받으실 수 있을 겁니다. 어린 제게 세월에서 오는 지혜를 빌려 주십시오."

한슨은 이제 고개까지 숙여보였다.

"어, 어차피 전 여기서 죽게 될 것입니다. 이제 며칠 안 남았 겠지요. 이 아이들을 두고 떠나고 싶은 생각은 없습니다. 죄 송하지만, 다른 사람을 찾아보시지요."

운정은 나지막하게 물었다.

"만약 이 아이들을 구할 수 있는 방도를 찾아 함께 살아남 으신다면, 그러면 제 제자가 되어 주시겠습니까?"

한슨의 얼굴이 조금 멍하게 변했다. 그러다 그는 곧 옅은 웃음을 지으며 말했다.

"제자만 되겠습니까? 노예가 되라 해도 될 것입니다."

"알겠습니다. 그럼 그렇게 알겠습니다."

운정이 포권을 취했다. 한슨은 처음 보는 묘한 형태로 얽혀 있는 운정의 주먹을 물끄러미 보았다. 그 굳건한 주먹은 왠지 유성조차 막을 수 있는 힘이 담긴 듯했다.

하지만 그는 곧 고개를 저었다.

"뿌우, 뿌우."

그때 한슨의 주머니에서 손바닥만 한 여인이 날아올랐다. 다 자라지 못한 엘프, 페어리(Fairy)였다. 한슨의 어깨 위에 앉 은 채 그의 얼굴을 몇 번 치더니 한쪽을 가리켰다.

한슨과 운정이 그곳을 돌아보니 거기서 갑자기 카이랄과 시르퀸이 나타났다. 막 엘프의 축복 속에서 나온 듯싶었다.

운정이 말했다.

"어서 와, 카이랄. 시르퀸도 수고했다."

시르퀸이 밝은 웃음을 지으며 운정에게 말했다.

"기다리고 계셨군요! 마스터."

운정이 그들에게 다가가는데, 카이랄은 조금 심각한 표정을 짓고 있었다. 뭔가 심상치 않음을 느낀 운정이 카이랄에게 물었다.

"무슨 일이야?"

카이랄은 상념을 멈추고 운정에게 말했다.

"아무래도 다녀와야 할 것 같다."

운정은 그 말을 듣는 순간 카이랄이 어디를 말하는지 바로 알 수 있었다.

큐리오가 죽고 나서부터 지금까지 계속해서 참았다는 걸 누구보다도 잘 알았으니까.

"꼭 가야 하는 거야?"

카이랄은 고개를 끄덕였다.

"부활마법의 영향이 너무 크다. 가공된 의지를 더 이상 이기기 힘들다."

운정은 애써 속내를 감추며 물었다.

"조금만 더 생각해 보는 건 어때?"

카이랄은 단호하게 고개를 저었다.

"솔직히 말해서 네가 가르쳐 준 무공에 발전이 있었다면, 아마 내 실력을 더 키운 뒤에 갔을 것이다. 하지만 방금 실전을 치렀는데, 나는 네가 가르쳐 준 무공을 쓰지 못했다. 아니, 쓰지 않았지. 그걸 사용할 만한 상황이 나오지 않았다. 이대로라면 알톤 평야에서 보여 준 그 모습의 발끝만 따라가는 것도 아마 정말로 오랜 시간이 걸릴 거야. 과연 그때까지 복수하고자 하는 의지를 참을 수 있을까?"

운정은 나지막하게 말했다.

"태학공자 덕분에 마법을 많이 배웠잖아. 무공에 발전이 없다면, 마법에 관해서 더 배워 보는 건 어때?"

카이랄은 계속해서 고개를 저었다.

"언데드(Undead)는 죽지 않지만, 그만큼 성장이 어렵다. 살아 있지 않으니 성장이 없는 것이 당연하다. 태학공자의 연구로 인해서 많은 마법적인 도움을 받았지만, 그것은 내가 근본적으로 성장한 것은 아니다. 더 이상 내 실력을 늘릴 방도는 없다고 해도 무방해. 나는 편법으로 패밀리어를 얻었지. 하지만 그조차도 햇빛을 막기 위함일 뿐이지 그 이상 마법이 성장한 건 아니야. 그 이상 얻을 수 있는 건 없을 것이다."

운정은 고개를 떨어뜨리고 말았다.

"카이랄……."

카이랄은 나지막하게 그를 불렀다.

"운정."

"응?"

운정이 다시 고개를 들자, 카이랄은 붉은 눈빛으로 그를 바라보며 말했다.

"카이랄은 그때 죽었다."

"……"

"카이랄은 그때 죽었어. 나는 그의 잔여물일 뿐이다. 나도 내가 카이랄이라 생각했어. 하지만 큐리오를 죽였을 때 확실히 알았다. 나는 그저 내가 만든 가공된 목적을 향해 달려가는 시체일 뿐이다. 그 목적이 끝나면 또다시 다른 목적이 설정되겠지만, 그렇다고 내가 시체라는 사실은 변화가 없다. 목적을 이루기 위한 인형에 불과해."

"……"

"인간은 자신의 삶의 목적을 항상 궁금해하지. 목적 없이 사는 것을 가치 없다 여겨. 하지만 목적 없이 살아 있으니, 그것이 진짜 살아 있는 것이 아닐까? 그저 목적을 이루기 위해서만 살아 있다면, 그것이 어떻게 살아 있는 것일까?"

"……"

"운정, 난 가겠다. 대략 스무 명밖에 남지 않았다고 했어. 바르쿠으르의 상황으로 유추해 보면 지금 요트스프림을 지키고 있는 와쳐도 한두 명뿐일 것이다. 조금만 시간이 지나면 아락세스가 말한 것처럼 요트스프림의 개체 또한 많아질 거야. 아버지께서 가장 먼저 만드는 개체는 당연히 와쳐겠지. 그러니 새로운 세대가 태어나기 전에, 서둘러 그들을 멸망시켜야 해."

가만히 듣던 운정이 그에게 말했다.

"네가 만약 정말로 가공된 목적을 완수하기 위한 인형에 불과했다면, 이런 이야기를 내게 하지도 않았을 거야. 나에게 말할 필요도 없이, 복수하러 이미 떠났겠지."

카이랄은 부드럽게, 그러나 동시에 차갑게 말했다.

"내가 네게 이 이야기를 하는 이유를 모르겠나?"

운정은 순간적으로 마음이 덜컹 하고 내려앉는 기분을 느꼈다. 그 질문을 듣는 순간 그 답이 떠올랐기 때문이다.

운정은 어지러운 마음을 다스리며 말했다.

"시르퀸의 힘을 빌리고 싶어서 내게 말하는 거구나."

카이랄이 고개를 끄덕였다.

"홀로 요트스프림에 가려 한다면, 가는 길에 무슨 위험이 있을지 모른다. 시르퀸의 힘을 빌리면 힘을 거의 보존한 채 당도할 수 있지. 그걸 위해서 네게 내 사정을 설명하는 것이다. 네가 나의 친구이기 때문에 설명하는 것이 아니다."

"설마. 그럴 리 없어."

운정은 고개를 저으며 말했지만, 카이랄은 더욱 차갑게 말했다.

"나도 혼란스러웠지만, 이제는 확신할 수 있어. 지금까지 내가 네게 붙어 있었던 것도 요트스프림을 멸망시키기 위한 힘을 얻기 위한 좋은 수단이었기 때문이다. 너의 호의를 얻어서 내

힘을 키워 그들에게 대항할 수 있게 되기 위함이다. 그 증거로 내가 요트스프림을 멸망시킬 수 있을 것 같다는 생각이 들자마자, 이 모든 이야기를 네게 하고 있어. 이게 가장 큰 증거다."

"……."

운정은 더 이상 아무 말 하지 않고 고개를 떨어뜨렸다.

카이랄은 고개 숙인 그를 내려다보며 조용히 불렀다.

"운정."

"응."

"고개를 들고 나를 봐라."

"……."

"이래도 내가 인형이 아닌가?"

"인형이든 인형이 아니든, 넌 내게 있어 가장 소중한 친우야."

"그렇다면 시르퀸의 힘을 빌려 주어라. 나를 요트스프림으로 데려다줘."

운정은 입에서 나오려는 질문을 참을 수 없었다.

이미 답을 알고 있었고, 그렇기에 의미 없는 행동인데도, 그는 기어코 물었다.

막연한 기대를 품고.

"정말 꼭 가야 해?"

카이랄이 물었다.

"넌 항상 선과 악을 따졌지. 네게 물어보고 싶다. 지금 내가 하는 행동이 선인가? 아님 악인가?"

운정은 고개를 저었다.

"엘프의 일이잖아. 그러니 내가 뭐라 가늠할 수 없어. 선악의 개념은 애초에 개인성을 지닌 인간이 무리를 지어 살기 위해 나온 개념이니까. 엘프에겐 동일하게 적용할 수 없지 않겠어?"

"그렇지 않다. 홀로 사는 맹수도 자신이 사냥한 사냥감에게 새끼가 있다는 것을 깨닫고, 죄책감을 느껴 사냥한 고기를 먹지 않는 경우를 본 적이 있다."

"정말?"

"선악은 분명 네 생각보다 훨씬 깊은 곳에 있을 것이다. 모든 생물의 마음속에 내재된 것이지. 이유를 몰라도 느낄 수 있는 것이니까."

"……."

"추방당했다는 이유 하나만으로 한 일족을 멸하려는 내 행동은 분명 악한 행동일 거다. 그렇지 않나?"

"말했잖아, 모르겠다고."

"아니, 넌 알아. 하지만 구분하지 않으려고 하는 거다. 그걸 악으로 받아들이면, 날 막아야 하니까. 그래서 전에 내가 요트스프림에 가려 했을 때도 막지 않은 것이고, 지금도 내 행동이 악이라 판단하려 하지 않는 거다."

"……."

"나는 네게 있어 결함이다, 운정. 소중하기에, 네게 더욱 치명적인 거야. 나는 가공된 목적을 완수하기 전까지 멈추지 않는 인형이야. 그러니 선택해라. 여기서 나를 보내 줄 수 없다면, 여기서 나를 죽여. 반대로 만약 죽일 수 없다면, 보내 줘라."

"……"

"선택해라, 운정."

운정은 눈을 질끈 감았다.

그의 입술이 몇 번이고 열렸지만, 끝끝내 말은 나오지 않았다.

그를 지그시 바라보던 시르퀸은 천천히 카이랄에게 다가왔다. 그리고 그의 손을 잡았다.

운정이 나지막하게 말했다.

"조, 조심히 다녀와. 카이랄."

카이랄은 이해할 수 없다는 듯, 묘한 눈길로 운정을 보았다.

카이랄은 곧 시르퀸과 함께 숲의 축복을 받아 그곳에서 사라졌다.

홀로 남은 운정은 그들이 사라진 곳을 보고는 자신의 양손을 들어 내려다보았다.

무엇이 옳은 것일까?

무엇이 그른 것일까?

그때 어디선가 음악 소리가 들렸다.

운정이 보니, 한슨이 피리를 불기 시작했다. 그의 연주는 때로는 따뜻하고 때로는 차가워서, 그의 마음을 포근하게 또 냉정하게 만들어 주었다. 정신없이 그것을 듣다 보니, 시간이 얼마나 흐르는지도 알 수 없었다.

한슨이 연주를 멈추고 조용히 말했다.

"엘프를 이해하기란 쉽지 않지요."

한슨은 피리를 품에 넣었다. 그리고 양 손가락을 교차한 채 어지럽게 움직였다. 그러자 그 사이를 페어리가 날아다니며 왔다 갔다 했다. 페어리의 얼굴에 웃음이 가득한 것을 보니, 매우 재밌어하는 듯 보였다.

운정은 그가 그 페어리를 얻게 된 이야기가 기억났다. 한 엘프족과 인연이 생겨서 그들에게 초대를 받았는데, 그때 선물로 부화하지 않은 열매를 주었다고 했다.

그 열매에서 부화한 페어리가 바로 지금 그의 손가락 사이를 마음껏 누비고 있는 그 페어리다.

운정이 말했다.

"엘프와 친분이 있으셨다고 하셨지요?"

한슨은 그 페어리와 계속해서 놀아 주면서 천천히 이야기를 시작했다.

"테이머(Tamer)는 마법사들처럼 학교(School)가 있지 않습니다. 다만 길드(Guild)라는 유사한 집단이 있지요. 전 고아였지만, 운이 좋게도 테이머의 자질이 있어 어릴 때 테이머 길드에 거둬졌었죠. 그곳에서 수많은 생명들을 공부하면서, 이 세상에 존재하는 모든 생명체를 만나 보고 싶다는 생각을 했습니다."

"호기심이 남다르셨군요."

"그중에서도 가장 궁금한 건 바로 엘프였습니다. 그렇다 보니, 여유가 되자 그나마 인간과 교류를 한다고 알려진 엘프족이 사는 곳으로 무작정 갔었습니다."

"……"

"자칫 잘못했으면, 아마 죽었을 겁니다. 어쩌다 다리를 다친 동물 하나를 치료해 줬는데, 그때 절 조용히 감시하던 와처가 흥미가 돋았나 봅니다. 그녀가 절 엘프족에게 초대해 줬고, 그곳에 서식하는 동물들에 대한 지식들을 그 엘프족에게 가르쳐 주면서 꽤 오래 지냈습니다."

"엘프들과 함께 사셨습니까?"

"이 년인가? 삼 년인가? 뭐 그 정도 살았지요. 하지만 결국 떠났습니다. 너무 덥기도 했고……."

"숲이 아니었나 봅니다."

"예, 공용어로는 샌드엘프(Sand Elf)라고 하지요. 사막이나 황야 같은 지형에서 찾아볼 수 있는 엘프들입니다."

"그렇군요."

한슨은 희미한 미소를 지으며 말했다.

"인간은 삶의 목적을 모르고 사는 경우가 대부분이지만, 엘프는 삶의 목적을 알고 사는 경우가 대부분입니다. 애초에 태어나기를 목적을 위해 태어나지요. 그렇다 보니 그들이 인간과 교류하거나 친구를 맺을 때에도, 자신의 삶의 목적에 부합하는가를 먼저 판단합니다."

"……"

"인간의 입장에서 그건 뭐랄까, 진심으로 느껴지지 않을 때가 많지요. 자신의 삶의 목적을 더욱 잘 완수하기 위해서 친구를 사귄다면 그것이 진정으로 사귀는 걸까 하고 말입니다. 하지만, 가만히 생각해 보면 인간도 크게 다르지 않습니다. 물론 어떤 삶의 목적 때문에 친구를 사귀는 건 아니지만, 분명 필요에 의해서 사귀는 건 맞지 않습니까?"

운정은 카이랄을 떠올리며 고개를 끄덕였다.

"서로의 필요를 채워 주며 생긴 신뢰라고 해야 할까요? 그것이 반복적으로, 지속적으로, 또 상호적으로 생기다 보니 그게 발전하여 친구가 되는 것 같습니다."

한슨은 페어리에게 시선을 옮겨 운정을 보았다.

"그러니 크게 실망하실 필요는 없습니다. 삶의 양식이 다른 걸요."

운정과 카이랄의 관계는 한슨이 말한 것보다 훨씬 더 깊은 사정이 있다. 하지만 한슨의 두 눈에서 느껴지는 무게 또한 만만치 않은 듯 보였다.

운정이 물었다.

"깊은 관계셨습니까?"

한슨은 마지못해 이야기했다.

"사랑했었습니다."

운정은 한슨의 목소리에서 느껴지는 그 애절함을 잘 알았다. 그도 경험한 것이니까.

"연인이셨군요."

한슨은 조금 서글픈 목소리로 말했다.

"그녀는 번식하는 것이 삶의 목적이었지요. 그것을 완수하기 위해서 제게 찾아왔고, 또 그것을 완수하기 위해서 절 떠났습니다. 하지만 원망하지 않습니다. 그녀는 처음 절 봤을 때부터 테이머의 자질을 가진 자식을 만들고 싶다고 했었지요. 절 속인 적은 한 번도 없었어요."

"그래도 2, 3년의 세월은 같이 보내신 것 아닙니까?"

"글쎄요. 같이 보냈다고 해야 할까요? 그녀의 마음을 얻기 위해서 그 일족에 참 많은 도움을 줬습니다. 하지만 그녀의 마음은 얻을 수 없었습니다. 아니, 엘프의 마음은 얻을 수 있는 종류의 것이 아니지요. 정성을 기울인다고 해서 달라지는 건 없었습니다."

"……."

"그녀는 결국 어머니가 되었습니다. 그 엘프족은 환경 탓인지, 같은 일족 내에 다른 어머니의 번식을 허락하곤 했지요.

제가 받은 열매는 그녀가 처음 아이를 내려다가 실패한 열매
였습니다."

순간 운정의 두 눈동자가 커졌다.

"그럼 그 페어리는……."

"어찌 보면 제 자식입니다. 제 씨앗으로 인한 아이인진 모르
겠지만, 그래도 그녀의 자식이니 제 자식입니다."

"……."

페어리를 바라보는 한슨의 눈길.

그 눈길에는 사랑이 살아 숨 쉬고 있었다.

"그녀에겐 이 아이를 줄 이유가 전혀 없습니다. 그 일족 내
에선 페어리도 재산으로 취급되니까요. 어머니가 된 그녀는
번식에 힘을 쏟아야 하기에, 가진 모든 것을 동원해서라도 다
른 엘프로부터 좋은 관리를 받아야 합니다. 하지만 그녀는 더
이상 그녀를 위해서 아무것도 해 줄 수 없는 제게 이 열매를
주었지요."

"……."

한슨의 두 눈에 슬픔과 기쁨이 동시에 떠올랐다.

"그때 알았지요. 엘프에게도 마음이 있다는 것을요. 이 열
매를 제게 준 건 그녀가 할 수 있는 최선이었을 겁니다. 이 아
이는 엘프인 그녀가 자신을 옭아매는 목적의식으로부터 끝없
이 몸부림쳐서 겨우 표현한 마음인 거예요. 때문에 이것만으

로도 전 만족할 수 있습니다."

"……."

운정은 순간 눈시울이 붉어지는 것 같았다.

한슨은 고개를 들어 그를 보며 말했다.

"그러니, 당신의 친구의 말에 너무 큰 실망을 하진 마세요. 그가 그런 말을 했지만, 그 또한 분명 당신에게 선물을 준비하고 있을 겁니다. 목적을 완수할 수밖에 없는 엘프지만, 그렇기에 그들이 표현한 마음은 그만큼 뜻깊은 것이지요."

운정은 참을 수 없었다.

그의 두 눈에선 눈물이 흘러내렸다.

"하흡, 하아, 하아."

한슨은 그런 그를 보며 따뜻하게 미소 지었다.

"분명히. 생각지도 못한 선물을 줄 거예요. 당신으로 하여금 자신이 친구였다는 것을 절대 부정할 수 없을 만큼 귀한 것을요. 그러니 걱정하지 마세요."

운정은 그 자리에 주저앉았다.

그는 울음이 마음속 깊은 곳에서부터 올라오는 것을 느꼈다.

심후한 심력이, 방대한 내력이 울음을 억누르고 있음을 또한 느꼈다.

하지만 울음은 그 모든 것을 뚫고 올라와 기어코 그의 두 눈에 도달했다.

"크흑, 크흡."

그는 땅을 양팔로 짚었다.

그리고 그 아래 뜨거운 눈물을 쏟아 냈다.

"흑, 흑, 흐윽, 흐윽."

한슨은 자리에서 일어났다. 페어리는 불만 어린 소리를 냈지만, 그녀를 무시하곤 운정에게 다가왔다. 그리고 그의 등에 손을 올리고 천천히 아래로 쓸어 주었다.

운정은 촉촉이 젖어 가는 땅을 바라보며 말했다.

"평생을 함께한 사부님이 돌아가셨습니다. 오랜만에 만난 가족도 제게는 그저 타인일 뿐이었습니다. 제겐 아무도 없었지요. 이 세상은 제게 있어 아무것도 아니었어요. 그런 제가 처음으로 마음을 연 친구입니다. 전 모든 것에 제 기준을 들이밀며 모든 것을 판가름했지만, 그에게만은 하지 않았어요. 아니, 못 했습니다."

"……."

"그래서 그를 보내야 할 때 보내지 못했고… 또 보내지 말아야 할 때 보냈어요. 가라 해야 할 때 가라 하지 못했고, 가지 말라 해야 할 때 가라 했어요. 조심히 다녀오라니… 흐, 흐흐윽, 흐읍."

"……."

운정은 눈물이 가득 차오른 두 눈망울로 한슨을 올려다보며 말했다.

"우린 정말로 친구였던 걸까요? 당신이 말한 것처럼 그에게도 마음이 있었을까요? 절 진심으로 친구라 생각은 했을까요?"

한슨은 한없이 포근한 미소를 지었다. 그의 얼굴에 있는 주름 하나하나가 온화함을 담은 것 같았다.

"분명히 있을 겁니다. 그러니까 슬퍼하지 마세요."

"⋯⋯."

"그러고 보니, 도사님은 나이가 많지 않으셨지요. 이제 좀 본인의 나이로 보이는 것 같습니다. 말씀하실 때 너무 성숙하십니다, 하하하."

기분 좋은 웃음소리가 들리자, 마음의 슬픔이 한결 가시는 것 같았다.

운정은 소매로 두 눈을 닦고는 그 자리에서 일어났다.

그리고 그를 향해 포권을 취해 보였다.

"가르침에 감사합니다."

한슨은 갑작스레 어른이 된 그를 보곤 당황했다.

"아, 아 예. 하하. 아, 그⋯ 죄, 죄송합니다. 제가 또 제 주제를 모르고⋯⋯."

그때 한쪽에서 누군가 큰 소리를 내었다.

"운정!"

스페라였다.

그녀는 매우 큰 보폭으로 마구 달려오더니, 운정의 얼굴 가까이 자신의 얼굴을 들이밀었다. 코와 코가 닿을 만큼 가까운 거리에서, 그녀는 눈을 굴려 운정의 얼굴을 자세히 관찰하더니, 입을 살짝 벌리면서 힘없이 말했다.

"우는 얼굴이… 너무 잘생겼어……."

그녀의 얼굴이 점차 운정에게 다가갔다.

그리고 그녀의 눈도 살짝 감기기 시작했다.

또한 그녀의 양 입술도 앞으로 솟았다.

그런데 그때 어디선가, 작은 손바닥 하나가 불쑥 튀어나왔다.

때문에 스페라의 얼굴은 운정의 얼굴에 닿지 못했다.

*   *   *

죽었다.

전하가 죽었어.

누가 죽였지?

내가?

아니지, 머혼이 죽였다.

머혼은 반역자야.

델라이를 집어삼키려고 하는 괴물이지.

그 괴물은 십 년이 넘어가는 세월 동안 델라이를 노렸어.

저 저택에 웅크리고 앉아서 서서히 세력을 넓혀 갔지.

그래서 이 사람 저 사람 모두의 마음을 얻으려고 했어.

언제라도 자신을 왕으로 선포해도 모두들 환영할 수 있게 끔 말이야.

하지만 난 속지 않아.

때문에 그를 이용했지.

그가 정적들을 하나둘씩 제거할 때, 그중 군부의 늙은 여우 들을 꼭 넣었어.

그들의 노파심을 들뜨게 해, 머혼을 꼭 처리해야 한다는 생 각을 갖게끔 했어.

그리고 머혼의 손에 의해서 하나둘씩 사라지게 만들었지.

이후, 군부는 내 것이 되었어.

어느새 나에게 군부를 뺏긴 머혼은 뒤늦게 자신의 손길을 뻗치려고 했지.

하지만 이 나라의 수호를 담당하는 군부만큼은 지켜 냈어.

이 나라의 무력을 대변하는 군부만큼은 지켜 냈어.

때문에 그는 아무리 많은 귀족의 지지를 얻는다 할지라도, 절대 함부로 움직일 수 없었지.

전하도 그것을 알았기에 나에게 군부를 맡겼어.

내가 군부를 통솔하는 한, 아무리 머혼이라도 이를 드러낼 수 없다는 것을 아셨던 거지.

현명하신 분이셨지.

하지만 끝까지 현명하지 않으셨어.

그분은 결국 머혼의 손아귀에 떨어졌지.

하필이면 나라가 망해 가는 이 절박한 순간에, 머혼을 믿는다고?

그 괴물을?

전하의 마음까지 얻어 버린 그 괴물은 이를 드러낼 게 분명해.

분명 왕위를 빼앗고, 왕좌에 앉아 델라이의 국명을 머혼으로 바꾸겠지.

아마 그 뒤에는 나라를 제국에 고스란히 바치고 대공의 자리에 오를 거야.

델라이 왕국이 머혼 대공령이 되는 건 순식간이겠지.

이 델라이가 그렇게 되도록 둘 순 없어.

절대로 델라이가 머혼이 되게 두지 않아.

그래서 전하도 죽어야 했던 거야.

그래.

그랬던 거야.

"취이익."

포트리아는 소스라치게 놀라며 주변을 두리번거렸다. 눈앞 어둠 속에서 붉은 눈동자 한 쌍이 그녀를 노려보고 있었기 때문이다.

팅. 탱그르르.

발밑에 뭐가 있다!

그녀는 그 자리에서 뛰었다. 그리고 아래를 내려다보니, 그 곳엔 은은한 빛을 내는 둥그런 무언가가 떨어져 앞으로 굴러가고 있었다.

"왕관!"

어이없게도 왕관을 떨어뜨린 것이다. 그녀는 얼른 앞으로 내달렸다. 그리고 땅 위를 굴러가는 그것에 손을 뻗어 겨우 붙잡을 수 있었다. 왕관에서 나오는 은은한 빛은 숲의 나뭇잎을 뚫고 들어온 달빛과 함께 어우러져 아름다운 한 폭의 그림을 만들어 내고 있었다.

솨아아.

솨아아.

폭우 속에서 그녀가 안도의 한숨을 내쉬는데, 바로 앞에서 거친 숨소리가 들렸다.

"쿠이익."

빗속에서 풍긴 흰 입김에 그녀의 몸이 완전히 굳었다.

그녀는 왕관을 품은 채로 고개를 서서히 들었다.

그러자 어둠 속의 붉은 눈동자 한 쌍이 앞으로 다가왔다.

우르르 콰쾅—!

벼락에 비춰진 그 얼굴은 마치 돼지와 인간을 합쳐 놓은 것 같았다.

"히이익!"

포트리아는 그 자리에 주저앉았다. 그리고 그 상태로 뒷걸음질 쳤다. 그리고 자신의 허리춤을 마구 더듬었다. 하지만 어떠한 것도 손에 잡히지 않았다.

결국 그녀는 왕관을 들고 앞을 향해 마구 휘둘렀다. 그녀의 몸에 묻은 진흙이 사방으로 튀었다. 붉은 눈동자를 한 오크는 일정 거리 이상 다가오지 않고 그대로 그녀를 노려보았다. 때문에 왕관은 공중을 크게 훑을 뿐이었다.

"오, 오지 마!"

그녀는 재빨리 일어났다. 그리고 몸을 돌려서 뒤로 달리기 시작했다. 물렁해진 흙바닥 때문에 발이 미끄러져 몇 번이고 허우적거렸다. 그런 고된 노력에도 몇 발자국 가지 못하고, 무언가와 부딪쳐 벌러덩 넘어졌다.

쿵.

엉덩이와 허리에서 찌르르한 고통을 느꼈지만, 그녀는 끝까지 손에 쥔 왕관을 놓지 않았다.

"취이익."

그 소리 하나로 고통조차 사라지는 듯했다.

포트리아는 자신을 물끄러미 바라보는 또 다른 오크를 보며 절망감에 사로잡혔다.

그리고 그 뒤로 붉은 눈동자가 하나둘씩 늘어감에 따라, 절망감은 점차 허무함이 되었다.

그녀는 사방을 돌아보았다. 하지만 어디를 보던, 붉은 눈동자가 있었다. 수십 수백 개는 될 법한 붉은 눈동자는 그녀를 완전히 포위하고 있었다.

"하, 하핫. 아하하."

그녀는 영혼이 빠진 듯 웃었다. 그리고 시선을 땅으로 가져갔다. 이젠 공포도 뭐도 아무것도 느껴지지 않았다. 그저 무엇을 위해서 지금껏 달려왔는지 모를 허탈감뿐이었다.

"인간, 실성했는가?"

그녀는 자신의 귀를 의심했다. 하지만 혹시나 하여 목소리가 들린 쪽으로 고개를 돌리니, 그곳에는 늙고 젊은 두 트롤이 있었다.

젊은 트롤은 당장에라도 그녀를 잡아먹으려는 듯 맹수의 눈길로 그녀를 보고 있었다. 하지만 늙은 트롤은 낮게 가라앉은 눈으로 그녀를 내려다보고 있었다.

쏴아아.

쏴아아.

쏟아지는 폭우 속에서 포트리아가 트롤을 향해 물었다.

"내가 실성한 게 아니라면, 방금 네가 말한 것인가?"

늙은 트롤은 고개를 끄덕였다.

"맞다. 인간, 네 이름이 뭐지?"

포트리아의 한쪽 입꼬리가 올라갔다.

"나는 죽은 건가? 사신이 트롤이라는 얘기는 못 들었는데. 하기야 사신을 본 사람은 다 죽었으니 당연한 것이겠지."

"……."

포트리아는 천천히 자리에서 일어났다. 그리고 진흙으로 뒤덮인 몸을 탁탁 털었다. 그녀는 차가운 비를 맞으며 늙은 트롤 앞에 당당히 서서 말했다.

"내 이름은 엘리스 아우스토스 포트리아다."

그 늙은 트롤은 고개를 끄덕였다.

"포트리아? 흐음, 그 이름은 델라이의 장군으로 알고 있는데, 그와 연관이 있는가?"

"나다. 델라이의 장군이자 백작이지."

트롤은 흥미롭다는 듯 중얼거렸다.

"여자에다가 무술도 모르는 것 같은데, 장군이라니. 인간은 지능을 중요하게 생각하는군."

"나 역시 묻고 싶다. 당신은 사신인가?"

"사신? 흐음. 그럴 리가."

"……."

늙은 트롤은 지팡이를 잡은 채로 팔짱을 끼며 말했다.

"내가 네게 찾아온 것은 마법 때문이다. 나는 마법사라 마나에 민감하지. 네가 가지고 있는 그 왕관이 주변 마나를 완전히 멈춰 버리는 게 신기해서 와 봤다. 한눈에 봐도 유니크 아티팩트로군. 가지고 있으면 상당히 유용하겠어."

"……."

"델라이의 장군인 네가 왜 델라이의 왕관을 들고 있는지 물어봐도 되겠는가? 혹, 왕이라도 죽였는가?"

포트리아는 기가 차다는 듯 웃었다.

"하, 하하, 하하하, 하하하! 하하하!"

탁탁 끊긴 그 웃음은 점차 커졌고, 이내 숲에 메아리칠 정도까지 변했다. 포트리아는 왕관을 쥔 왼손을 들어 자신의 눈과 코를 가렸다.

곧 웃음이 멈췄다.

늙은 트롤이 물었다.

"정말로 실성한 건가?"

포트리아는 손을 뗐다. 그리고 두 눈으로 늙은 트롤을 응시했다.

그녀의 두 눈빛은 확고하게 빛나고 있었다.

"트롤, 날 죽이려면 죽여라. 하지만 내가 살아 있는 한 이 왕관을 가져갈 순 없을 거다."

"무기도 없어 보이는데, 대단한 자신감이군? 인간은 무기 없이는 오크는커녕 고블린도 당해 내지 못한다는데 말이야. 아하, 포기한 건가?"

"더 할 말은 없다, 트롤."

그녀는 그렇게 말한 뒤에, 왕관을 양손에 쥐었다. 그리고 가슴에 가져간 상태로 눈을 감았다.

늙은 트롤은 그녀를 보고 있다가, 곧 지팡이를 서서히 올렸다.

그러자 오크들이 그 지팡이를 보면서 흥분하기 시작했다.

"춰이익!"

"춰익! 춰익!"

오크들은 쉼 없이 포트리아와 지팡이를 번갈아 보았다. 도저히 참을 수 없는지 침을 질질 흘리는 녀석들도 있었다. 하지만 결코 먼저 달려드는 법은 없었다.

늙은 트롤은 지팡이를 그대로 내리려다가, 갑자기 방향을 틀어서 앞으로 뻗으며 큰 소리로 마법을 시전했다.

[프로텍트(Protect).]

팟―!

파팟―!

폭우를 뚫고 빠른 속도로 날아오던 화살은 보이지 않는 어떤 벽에 박혀 더 이상 전진하지 못했다. 늙은 트롤은 얼굴을 찡그리며 지팡이를 아래로 내렸는데, 그 순간 오크들이 눈동자를 더욱 붉게 빛내면서 잔뜩 흥분하기 시작했다.

"춰이익!"

"춰이익!"

오크들은 모두 다 화살이 날아 온 방향을 바라보며 괴성을 질렀는데, 그곳에서 검은색의 갑옷을 입은 기사들이 나타났다. 기사들은 검을 휘두르며 그들에게 달려드는 오크들을 단칼에 베어 넘겼는데, 반면에 오크들의 무기는 기사들에게 전혀 위협이 되지 않았다.

"꾸에엑!"

"꽤엑!"

오크들이 일방적으로 죽어 나가며 비명을 지르기 시작하자, 다른 오크들은 주춤거리기 시작했다. 그때쯤 트롤이 지팡이를 높게 들며 말했다.

[텔레포트(Teleport).]

두 트롤이 그 자리에서 사라져 버렸다. 당황한 오크들은 서로의 눈치를 살피더니 곧 사방으로 도주하기 시작했다.

"취이익—!"

"취이익!"

그들은 처음 기사들을 향해 달려들 때보다 훨씬 더 큰 소리를 내며 사방으로 도망쳤다.

흑기사들은 오크들을 쫓지 않고 포트리아에게로 다가왔다. 그중 한 명이 투구를 벗더니 말했다.

"괜찮으십니까?"

포트리아는 그제야 안도의 한숨을 내쉬었다.

"하아, 후우, 꽤, 괜찮네. 다행히 날 찾았군."

"오크들의 소리를 따라 와 보길 잘했군요. 포트리아 백작님 께서 여기 있으리라고는 꿈에도 몰랐습니다."

"그, 그렇군. 후우, 다행이야."

"한데, 그것은……."

그 흑기사의 눈동자는 왕관에 가 있었다.

포트리아는 표정을 완전히 굳히면서 고개를 끄덕였다.

"결국 머혼 백작이 일을 저질렀어. 자세한 건 슬롯 경에게 말하겠네. 그에게 날 안내하게."

그 흑기사는 세 번이 넘어가는 호흡 동안 왕관에 시선을 고 정한 채 아무 말도 안하다가, 곧 경례했다.

"예, 장군."

포트리아는 흑기사들의 인도를 받아서 움직였다.

숲을 빠져나가자, 머혼의 저택과 그 저택을 크게 둘러싸고 있는 포위망이 보였다. 왕궁에서 병사들이 도착했는지, 포위 망 곳곳에 배치되어 있었다.

그녀는 슬롯이 있는, 저택의 정문 쪽에 있는 큰 군막 도착했다.

슬롯은 그 안에 있었는데, 거기서 다른 기사들과 지도를 펼 쳐 놓고 작전 회의를 하고 있는 듯했다. 포트리아가 들어가자, 그들은 모두 하던 것을 멈추고 포트리아를 보았다.

슬롯이 말했다.

"나오셨… 그런데 행색이… 설마 탈출하신, 아니, 근데 손에
든 건……."

한 번에 너무 많은 생각이 들자, 슬롯은 말을 제대로 할 수
없었다.

포트리아는 그의 앞에 서서 왕관을 내밀면서 말했다.

"머혼이 전하를 시해했네, 슬롯 경. 내가 직접 보았어."

"……."

"나는 로드 한슨의 도움으로 겨우 빠져나올 수 있었지. 그
는 그의 아버지 몰래 우리를 돕고 있으니, 일단 알아 두게. 전
투에서 그를 만날 수도 있으니까. 반역자인 아버지와는 다르
게 왕가에 충성하는 사람이야."

슬롯은 입을 살포시 벌린 채, 은은한 빛을 내는 왕관에 시
선을 두고 한참을 물끄러미 보았다.

"……."

"……."

군막 안은 끔찍한 침묵이 감돌았다.

포트리아는 슬롯이 생각을 정리할 때까지 기다려 주었다.

얼마나 시간이 지났을까?

우르르 쾅쾅—!

번개가 한 번 치자, 포트리아는 왕관을 외투 안으로 넣으며
말했다.

"나를 믿을 수 있겠나?"

슬롯은 그 질문에 대답하지 않고 다른 말을 꺼냈다.

"로드 한슨이라면, 머혼 백작의 상속자를 말하는 것이겠지요."

"그렇네."

"좋습니다. 기사들에게도 말해 두겠습니다. 반역은 절대로 묵과할 수 없는 일입니다. 포트리아 백작께서 말씀하셨던 것처럼 더 이상 기다릴 것 없이 머혼 백작을 향한 항쟁을 바로 감행하지요."

포트리아는 손을 뻗어서 슬롯의 어깨를 잡았다.

"잠시 기다려 주게. 왕궁에 가서 왕세자를 데려오고 싶어."

슬롯은 고개를 저었다.

"기사들을 보내 이미 모시려고 했지만, 아무리 기별을 넣어도 방에서 나오시질 않는답니다. 전투는 알아서 하라고 고함을 쳤다고 하는군요. 하는 수 없이 거기서 호위하라고 두었습니다."

"선왕 전하께서 머혼의 손에 돌아가신 것을 알게 되면 오시겠지. 내가 직접 가서 데려오겠네."

"지금 말입니까?"

"가는 김에 마법부에서도 지원을 최대로 받아오지."

슬롯은 나지막하게 말했다.

"스페라 백작은 고심해 보시지요. 머혼 백작과의 관계가 남다르신 분입니다."

"고려하고 있네. 아마도 머혼이 죽기 전까지는 믿기 어렵겠지… 슬롯 경은 이번 항쟁에 대해서만 심사숙고하게."

슬롯은 고개를 끄덕였다.

"알겠습니다. 그렇게 하시지요. 말을 내어 드리겠습니다. 아니, 공간이동을 할 수 있는 마법사가 몇 있으니, 그들을 통해 공간이동으로 다녀오시지요."

"금방 오지. 내가 올 때까지 포위망을 잘 부탁하네."

슬롯은 경례했고, 포트리아도 같이 경례를 했다.

슬롯은 다시 작전 판으로 몸을 돌렸고, 포트리아도 군막 밖으로 몸을 돌렸다.

포트리아가 나가자 슬롯은 고개를 돌려 막 펄럭이는 천막 문을 보았다.

밖에는 여전히 폭우가 내리고 있었다.

"머혼 백작이 전하를 시해했다고……."

그때 병사 하나가 안으로 들어오며 말했다.

"머혼 백작의 전령이 도착했습니다. 이야기를 나누고 싶답니다."

그 말을 들은 슬롯의 눈빛이 날카로워졌다.

*　　　　　*　　　　　*

포트리아는 마법사들과 함께 왕궁의 정문으로 순간이동했다.

잠시 군부에 들 더러운 군복을 새로 갈아입고 레이피어를 허리에 찬 그녀는 왕관을 몰래 외투 아래에 숨겼다.

그리고 바로 왕세자의 방으로 향했다.

그 문 앞에는 흑기사 둘이 있었다. 문은 굳게 닫혀 있었는데, 안에서 묘한 짐승 소리와 얇은 비명이 끊임없이 울리고 있었다. 특히 비명 소리는 높고 날카로운 것이 어린 소녀의 것 같았다.

문 앞에 선 두 흑기사의 표정은 당장에라도 살인을 저지를 듯한 표정이었다.

포트리아가 말했다.

"안에 왕세자가 있는가?"

흑기사들은 그녀를 보곤 경례를 하곤 말했다.

"예, 안에 계십니다."

"……"

그때 또다시 짐승 소리와 비명이 방 안에서 울렸다. 그러자 흑기사 중 한 명은 이를 부득 갈았고, 다른 이는 눈을 감아 버렸다.

포트리아는 크게 심호흡을 한 뒤 말했다.

"문을 부숴 주게. 안으로 들어가야겠어. 그리고 하녀도 불러 주고."

두 흑기사는 서로를 잠깐 보았다가 포트리아에게 대답했다.

"알겠습니다."

"예."

그 둘은 힘껏 다리를 들어 올렸다가, 서로와 합을 맞춰 그대로 방문을 차 버렸다.

멜라시움의 놀라운 무게 앞에 나무는 무력했다.

쾅—!

굉음과 함께 문이 반쯤 가루가 되며 부서졌다.

포트리아는 마음을 다잡고 안으로 들어섰다. 흑기사 한 명은 포트리아를 따라 안으로 들어갔고, 다른 흑기사는 하녀를 찾으러 갔다.

방 안은 촛불에 의해서 꽤 밝았다.

"뭐, 뭐냐!"

침대 위에서 하의만 벗고 있는 찰스 왕세자의 모습은 추하기 이를 데 없었다. 그는 잔뜩 일그러진 표정으로 포트리아 쪽을 바라보았다.

포트리아는 그에게서 시선을 옮겨 그의 아래쪽으로 가져갔다. 그의 다리 사이에는 이불이 볼록하게 튀어나와 있었는데, 그 크기는 성인 한 명이 들어가기엔 너무 작았다.

"크흐흑, 흐흑, 크흐흑."

누군가 흐느끼는 소리와 함께 그 이불이 조금씩 꿈틀거렸다.

포트리아는 무표정한 상태로 그 이불을 주시했다.

"뭐냐! 뭔데 방 안에 쳐들어온 거야! 내가 들어오지 말라고 했을 텐데? 내 말이 우습게 들리나? 포트리아!"

찰스는 자신의 남성을 덜렁거리며 침대에서 내려와 자신의 레이피어를 들었다. 그리고 그 레이피어를 포트리아의 목에 들이댔다.

흑기사가 더 이상 참지 못하고 자신의 무기에 손을 가져가는데, 포트리아가 왼손을 옆으로 살짝 뻗어 그를 막았다.

포트리아는 고개를 숙이며 무릎을 꿇었다.

"전하, 당신의 아버지께서 돌아가셨습니다."

일그러진 찰스의 얼굴 주름이 일순간 펴졌다.

"뭐? 아버지가?"

"당신의 아버지께서 머혼 백작에게 살해당하셨습니다. 다행히 전 머혼 백작의 상속자인 로드 한슨의 도움으로 겨우 빠져나와 이 소식을 전할 수 있었습니다."

"……."

"이제 당신께서는 정식으로 델라이의 왕입니다. 그리고 델라이의 충신으로서 새롭게 왕위에 오른 당신께 드릴 첫 번째 조언은, 바로 당신의 아버지를 살해한 머혼가를 멸하시고, 그에게 정의의 심판을 내리시라는 것입니다."

툭.

레이피어가 땅에 떨어졌다.

찰스는 힘없이 뒷걸음질 치다가 곧 침상에 털썩 주저앉았다. 그 때문에 이불 속에서 짧은 비명이 울렸지만, 아무도 신경 쓰지 않았다.

그는 곧 양손을 들고 얼굴을 마구 쓸어 내리다가, 곧 한쪽으로 걸어갔다. 그리고 아무렇게나 벗어 둔 바지를 입었다. 그렇게 뒤돌아 있는 채로 격한 숨을 내쉬던 그가 말했다.

"네가 빠져나왔다고 했으니, 너도 같이 사로잡혔었나 보군. 그럼 머혼 백작의 위치는? 그가 어디 있는지 아나?"

"제 생각대로 본인의 저택에 있었습니다. 그곳에서 선왕 전하께서 돌아가셨……."

찰스는 그 말을 잘랐다.

"포위는?"

"되어 있습니다. 저와 함께 가셔서 죄인을 처벌하는 과정을 똑똑히 지켜보시지요. 그 반역자를 사로잡아 전하 앞에 무릎 꿇리고 사죄하게 만들어 보이겠습니다."

찰스는 목을 이리저리 꺾으며 뼈 소리를 내었다.

"흐음, 그럼 아이시리스나 아시스나 다 사형감이 되겠어. 안 그래?"

"……."

포트리아는 깊은 곳에서부터 올라오는 역겨움을 느꼈다. 단순히 기분이 그런 것이 아니라, 정말로 위장이 뒤집어진 것 같았다. 그녀는 억지로 침을 삼키면서 버텼는데, 그 때문에 대답을 할 수 없었다.

찰스는 이번엔 어깨를 돌리며 뼈 소리를 내었다.

"아, 시아스라고 했나? 그 오줌 지린 첫째 딸이. 뭐 그년도 마찬가지로 죄인이 될 것이고."

"……."

"흥. 셋째 딸년도 맛이 그리 나쁘지 않았으니까, 나머지 년들도 괜찮겠지. 특히 아시스 그년은 자기 아버지 머리를 앞에 둔 채로 할 거야. 흐흐흐, 벌써부터 기대되는데?"

"……."

찰스는 몸을 돌렸다. 그리고 무릎을 꿇은 채 고개를 숙이고 있는 포트리아를 내려다보며 말했다.

"좋다, 좋아. 머혼의 저택까지 안내해라. 애피타이저로 기사들이 싸우는 꼴을 보는 것도 나쁘지는 않겠지."

포트리아는 천천히 자리에서 일어났다. 그녀는 시선을 조금 내려 찰스와 눈을 마주치지 않으면서 나지막하게 말했다.

"왕궁의 대문에서 군부의 마법사가 준비하고 있습니다. 전 마법부를 들러 마법사들의 지원을 더 받아야 하니, 전하께서는 우선 그쪽으로 향하시지요. 제가 곧 따라가겠습……."

짝―!

화끈한 통증과 함께, 포트리아의 목이 왼쪽으로 돌아갔다.

찰스는 뺨을 때린 오른손으로 포트리아의 턱을 쥐어 잡고는 억지로 고개를 들어 올려 눈을 마주치려 했다. 하지만 포트리아는 무표정한 채로 시선을 내려 끝까지 찰스와 눈을 마주치지 않았다. 찰스는 그녀를 보며 으르렁거렸다.

"그럼 나한테 먼저 올 필요는 없었던 거 아니냐? 응? 아직 더 놀 수 있는데 말이야. 네년이 나타나서 재미를 망쳐 버렸잖아?"

"⋯⋯."

"군부를 총괄하는 자가 왕도 제대로 지키지 못했으니, 반역자와 다를 바가 없어. 너는 네 죄를 아느냐? 네년도 사형감이라고."

"⋯⋯."

"흥. 10분 주지. 얼른 와라."

찰스는 거칠게 그녀의 턱을 놔주었다.

그러고는 그녀의 어깨를 쿵 하고 치며 방 밖으로 나가 버렸다.

"괜찮으십니까?"

흑기사의 질문에 포트리아는 고개를 살짝 끄덕이는 것으로 대답을 대신했다.

그녀는 그 자리에 굳은 듯 서 있다가, 조금씩 꿈틀거리는 이불을 턱으로 가리키며 말했다.

"머혼을 흔들려면 레이디 아이시리스도 필요하다. 하녀에게 말해서 대충 씻기고 데려와."

"⋯⋯."

"알겠나?"

"예."

포트리아는 그렇게 말한 뒤에 턱을 몇 차례 쓰다듬고는 밖으로 나갔다.

이후 하녀가 들어오자, 남아 있던 흑기사도 방 밖으로 나가며 그 하녀에게 말했다.

"저 이불 안에 레이디 아이시리스가 있을 것이다. 잘 달래서 대강 채비시키고 왕궁 정문으로 나와라."

방 안에 홀로 남은 하녀는 깊은 한숨을 쉬었다. 평소 찰스에 대한 더러운 소문을 익히 알았기 때문이다. 그녀는 안타까운 마음을 가지고 천천히 침상에 다가갔다. 그리고 손을 뻗어서 그 이불을 들추었다.

"아악—!"

우르르 쾅쾅—!

번개에 비친 이불 안에는 아이시리스가 없었다.

"흑흑."

그저 검은 그림자 같은 것이 입을 뻐끔거리며 아이시리스의 목소리를 흉내 내고 있었을 뿐이다.

*　　　　*　　　　*

마법부는 여전히 정신없이 굴러가고 있었다. 마법부 중앙에 있는 큰 화면엔 천체들을 담은 그림이 전과 비슷하게 그려져 있었고, 마법사들은 주문을 외우거나 무언가 계산하는 등 각자의 일들을 하고 있었다.

포트리아는 막 앞을 지나가는 마법사 한 명을 붙잡고 물었다.

"스페라 백작은?"

그 마법사는 포트리아가 누군지도 모르는지, 그녀를 위아래로 훑어보다가 말했다.

"모르겠습니다. 2층 집무실로 가 보시지요."

그 마법사는 금세 자신의 일로 돌아갔다.

그녀는 계단을 걸어 올라갔다. 그때, 위에서 내려오던 나이든 마법사 한 명이 그녀를 알아보고 말했다.

"포트리아 장군님!"

한눈에 봐도 복장이 조금 다른 것이, 마법부에서 직위가 꽤 높은 사람 같았다. 포트리아는 그 마법사의 얼굴이 뭔가 낯이 있다는 것을 느끼고는 기억을 더듬었다. 그 마법사는 델라이 왕에게 미티어 스트라이크 마법이 시전되었다는 것을 보고한 자였다.

"아, 그때 보고하던 마법사로군. 이름이 어떻게 되는가?"

그가 다급하게 대답했다.

"수석마법사 알비온이라 합니다. 스페라 백작께 급히 전할 소식이 있는데, 집무실에 계시지 않아서 말입니다."

포트리아가 물었다.

"무슨 소식인가?"

알비온이 방금보다 더 빠른 속도로 말했다.

"유성의 궤도와 속도 및 규모 등 모든 것의 계산이 거의 끝날 무렵 이상하게도 값이 다르다는 것을 느꼈습니다. 그래서 좀 더 계산해 본 결과, 그 유성의 궤도와 속도가 계속해서 바뀌고 있는 중이라는 사실을 알아냈습니다."

"바뀌고 있다?"

"예. 이에 대한 유일한 설명은 미티어 스트라이크 마법을 즉발적으로 시전한 것이 아니라 연속적으로 혹은 지속적으로 시전하고 있다는 것입니다. 그로 인해 유성의 움직임이 가속되어지고 있는 것입니다."

"……"

포트리아가 아무런 말을 하지 않자, 알비온은 좀 더 쉽게 설명했다.

"본래 미티어 스트라이크 마법은 한 번 시전되면 그만입니다. 그래서 궤도가 다 정해져 있습니다. 하지만 지금 델라이를 향해서 떨어지는 유성은 계산보다 점점 더 빨라지고 있습니다."

"그럼 얼마나 더 빨리 떨어지는 건가?"

"방금 나온 계산 결과로는, 충돌 시간이 닷새 후로 나오고 있습니다. 문제는 그것도 점차 줄어든다는 사실입니다. 새로운 방정식을 찾을 때까진 정확한 값을 알아내기 어렵습니다."

포트리아는 믿을 수 없다는 듯 말했다.

"다, 닷새 뒤라고? 적어도 열흘은 넘게 시간이 있지 않았나?"

"저희에게 있는 계산법은 임의적인 가속도를 생각하지 않은 기존의 방식이라는 점입니다. 때문에 닷새보다 더 빠르게 유성이 도착할 수 있습니다. 최대 닷새… 까지가 저희가 확신할 수 있는 범위입니다."

"맙소사……."

알비온은 계속해서 말을 이었다.

"한 가지 희소식이라면, 유성의 크기가 매우 작다는 것입니다. 그 정도의 크기라면 아마 파인랜드의 땅에 도착하기 전에 공중에서 대부분 불타서 사라질 겁니다. 정확한 계산은 안 되지만, 델로스 전체의 5%에서 10% 정도만 소멸할 것이라는 점입니다. 그 여파까지 생각한다면 20%는 피해를 보겠지만, 전체가 잿더미가 되는 것보다는 낫지요."

"아무리 20%라도 도저히 용납할 수 없는 수준이로군."

"아무튼 더 계산이 나와 봐야 알겠지만, 현재로써는 제국에서 새롭게 개발한 마법이 아닌가 합니다. 유성의 크기를 매우 줄이는 대신에, 지속적으로 가속시켜 충돌 시간을 획기적으로 줄이는 것이지요."

"……."

"일단 포트리아 백작께서 전하께 말씀드려, 내일 아침부터, 아니, 되도록 지금부터 델로스의 시민들을 피신시켜야 할 것 같습니다."

"……."

"또한 델라이 최고의, 아니, 파인랜드 최고의 수학자들을 소환하여 새로운 방정식을 찾아내야 합니다. 그렇지 않으면, 지금보다 정확한 계산은 어렵습니다. 이젠 기밀을 숨기기보다는 외부에 밝히더라도, 얻을 수 있는 최대한의 도움을 얻는 게 바람직합니다."

"……."

"포트리아 백작님?"

알비온의 되물음에 포트리아는 눈을 깜박거렸다.

마치 막 잠에서 깨어난 사람 같았다.

그녀는 고저가 없는 목소리로 말했다.

"지금 일이 있어 마법사가 필요하네. 스페라 백작에겐 이미 허락을 맡았으니, 노매직존을 구축할 마법사를 지원해 주게."

알비온은 황당하다는 듯 말했다.

"예? 지금까지 제 말을 들으셨습니까? 지금은 유성의 충돌 시기를 계산하는 데도 빠듯……."

포트리아는 그 말을 자르며 고함을 쳤다.

"지금 당장 지원해야 해! 시국을 다투는 일이야!"

갑작스러운 큰소리에, 바삐 움직이던 마법부가 일순간 멈췄다. 모든 마법사들은 놀란 표정으로 계단에 서 있는 포트리아와 알비온을 바라보았다.

알비온은 이해할 수 없다는 듯 말했다.

"수도로 유성이 날아오고 있습니다. 이보다 더 시국을 다투는 일이란 게 도대체 무엇……."

포트리아는 알비온의 멱살을 쥐었다.

"항명하겠다는 뜻인가?"

"으윽!"

"항명하겠다는 뜻이냔 말일세!"

포트리아의 눈에는 살기가 가득했다.

알비온은 겨우 고개를 양옆으로 돌리며 말했다.

"아, 아닙니다, 포트리아 백작."

포트리아는 그를 놔주었다.

"그럼 지금 당장 노매직존을 구축할 인원을 왕궁 정문으로 보내게. 그곳에서 공간이동으로 움직일 테니까."

알비온은 자신의 목을 쓰다듬으며 물었다.

"노, 노매직존의 규모와 유지 시간은 얼마나 됩니까?"

포트리아는 빠르게 대답했다.

"대규모 저택 하나 정도. 내일 아침까지."

알비온은 정신이 하나도 없었지만, 다년간의 경험에 의해서 바로 인원수를 산출할 수 있었다.

그는 포트리아를 향해서 고개를 한 번 끄덕인 후 1층으로 고개를 돌렸다. 모든 마법사들이 위를 바라보는 와중에, 그가 큰 소리로 말했다.

"노매직존, 15명이다. 해당 순번은 지금 하던 일을 멈추고 바로 지원을 나가라."

그 말을 듣자 모든 마법사들의 얼굴이 핼쑥하게 변했다. 가뜩이나 고된 노동에 지쳐서 죽을 맛이었는데, 인원이 더 빠져나가니 거의 절망 수준에 이른 것이다. 하지만 방금 포트리아가 보여 준 모습을 보고서도 항명할 마법사는 없었다.

15명의 마법사가 자신의 일을 멈추고 주섬주섬 지팡이를 챙기는 것을 본 포트리아는 조금 온화해진 표정으로 말했다.

"유성 문제는 시급한 일이 해결된 뒤에 의논해 보도록 하지."

그녀는 그렇게 말한 뒤에 계단을 내려갔다. 그리고 15명의 마법사와 함께 바로 마법부의 문을 열고 나갔다.

알비온은 주름진 두 눈으로 포트리아의 마지막 모습까지 보다가 중얼거렸다.

"제정신이 아니로군. 제대로 보고하지 않을 것 같은데… 전하께 따로 말해야 하나……."

그는 깊은 한숨을 쉬더니 곧 계단 아래로 내려갔다.

第六十章

"으읍, 으으읍."

스페라의 양쪽 귓구멍에서 튀어나온 작은 두 손은 스페라의 입을 틀어막았다.

그녀는 그 손목을 잡고 입에서 떼어 내려 했다. 하지만 그 작은 손은 그 크기에 어울리지 않는 억센 힘을 가지고 있었다.

그녀의 이마에선 작은 입술이 튀어나와 말까지 했다.

"안 돼요, 안 돼!"

"으읍. 야, 야!"

그 두 팔과 입술은 어린 소녀의 것이었다.

자꾸만 입이 막히자, 짜증이 난 스페라는 오른손을 한쪽으로 뻗었다. 그러자 공중에서 지팡이가 튀어나와 손에 잡혔다. 그녀는 그 지팡이를 마구 흔들었는데, 그러던 중에 자기 자리에 쿵 하고 주저앉기까지 했다.

스페라는 임의적으로 힘을 발생시켜 자신의 얼굴에 난 두 팔과 입술을 끄집어내었다. 노매직존(No Magic Zone)은 모든 마법의 시전을 막지만, 마법사가 임의로 물체를 움직이는 사이코키네시스(Psychokinesis)를 막을 순 없다. 그것은 마치 무림인이 무기에 내력을 주입하듯, 그저 주변 마나를 움직여 힘을 내는 것뿐이기 때문이다.

그 힘으로 인해, 한 소녀가 스페라의 얼굴에서 불쑥 튀어나왔다.

"히히. 다행이다."

아이시리스는 스페라를 돌아봤다. 스페라는 자신의 얼굴을 비비더니 말했다.

"뭐, 어, 어떻게 한 거야?"

아이시리스는 손가락을 입으로 가져가며 말했다.

"저 천재라고요. 몰랐어요?"

스페라의 눈빛이 호기심으로 일순간 차올랐다.

그녀는 지팡이를 던져 버리곤, 눈앞에 있는 아이시리스의 양어깨를 부여잡았다. 지팡이는 땅에 떨어지기 전에 공중에서 사라져 버렸다. 스페라는 아이시리스와 눈을 마주치고는 평소보다 세 배는 빠른 속도로 말했다.

"어떻게? 어떻게 한 거냐? 새로운 마법이야? 무슨 원리인데?"

한 번 물어 볼 때마다 몸을 흔드는 것은 덤이었다.

아이시리스는 진정하라는 듯 손짓한 뒤에 천천히 말했다.

"보아하니, 제 모습을 훔친 도플갱어가 변신의 힘이 다한 것 같아요. 그때를 정확히 노려서 스승님과 패밀리어 사이에 있는 관계를 살짝 빌렸죠. 그렇게 잠시 스승님의 패밀리어와 같은 상태가 된 거예요."

스페라는 마치 나무를 털어 열매를 얻어 내려는 것처럼, 그녀를 앞뒤로 흔들었다.

"그니까, 그게 어떻게 가능하냐고?"

"으아앙, 어지러워. 운정 도사님! 구해 줘요!"

아이시리스는 뒤를 살짝 돌아보며 운정에게 말했다.

운정은 상념에 깊게 잠겨 있었기 때문에, 그들에게 전혀 신경을 쓰지 못하고 있었다. 때문에 자신을 올려다보는 아이시리스가 왜 그런 말을 하는지 순간 이해할 수 없었다.

애초에 아이시리스가 어떻게 왔는지도 모르는 표정이다.

"레이디 아이시리스? 곤란한 상황입니까?"

아이시리스는 고개를 끄덕이며 최대한 불쌍한 표정을 지었다.

"네에. 제 젊음을 질투하는 노처녀에게 죽어 버릴지도 몰라요."

스페라의 눈썹이 꿈틀거렸다.

"야!"

"운정 도사님, 구해 주세요!"

운정은 작은 미소를 지었다. 하지만 그의 두 눈에는 여전히 슬픔을 머금고 있었다.

아름다움 그 자체.

스페라는 마음을 가득 채웠던 분노가 운정의 미모로 인해서 완전히 씻겨 사라지는 것을 느꼈다. 때문에 그녀의 손에서는 힘이 빠졌고, 아이시리스는 기회를 놓치지 않고 그녀의 손아귀를 빠져나갔다.

스페라가 아차 하는 순간, 아이시리스는 운정에게 폭 안기면서 그의 배에 얼굴을 마구 비볐다. 그러고는 슬쩍 스페라를 보며 승자의 미소를 지어 보였다.

"당장 떨어져라. 응? 죽기 싫으면."

아이시리스는 운정을 꼭 안으면서 말했다.

"무서워요, 도사님. 노처녀 마녀가 절 죽인대요."

"……."

스페라의 두 눈이 반쯤 내려앉았다. 그녀는 다시 오른손을 뻗어 지팡이를 소환해 우악스럽게 잡아챘다.

그걸 본 아이시리스가 헛바닥을 내밀면서 말을 이었다.

"사이코키네시스는 나도 스승님한테 뒤처지진 않아요."

스페라는 지팡이의 끝으로 자신의 왼 손바닥을 한 번 탁

치더니 말했다.

"알아. 하지만 지팡이와 근력이 함께한다면 내가 더 셀걸?"

"……."

"요망한 년!"

스페라는 지팡이를 높이 들고 아이시리스의 머리를 향해서 휘둘렀다.

콩—!

아이시리스는 양손으로 머리를 부여잡고는 소리를 쳤다

"으아앗! 아, 아프잖아요!"

"아파도 싸지. 다시는 날 그딴 식으로 불러 봐라. 응?"

"노처녀 맞잖아요?"

스페라는 이를 드러내며 되물었다.

"누가 노처녀야?"

아이시리스는 눈을 게슴츠레 떴다.

"그럼 처녀 아니에요? 와, 실망."

"야! 그 부분이 틀렸다는 게 아니잖아!"

그들은 그렇게 계속해서 실랑이를 벌였다. 그런데 그 정도가 장난을 넘어서 점차 심해지자, 이 모든 것을 지켜보던 한슨이 적절한 순간에 그들의 대화에 끼어들었다.

"스페라 백작님 아니십니까? 여긴 어쩐 일이십니까?"

막 아이시리스에게 소리치려던 스페라는 뜬금없이 들리는

그 소리에 고개를 돌렸다. 공손한 자세로 반쯤 웃고 있는 한
슨의 표정을 보니, 아이시리스를 향해 막 토해 내려던 거친 말
을 다시 삼킬 수밖에 없었다.

그녀가 말했다.

"뭐, 그냥 전하가 여기서 실종되셨다고 해서."

"······."

한슨의 표정이 굳자, 그녀가 쾌활하게 말했다.

"아, 긴장하지 마. 난 누구 편이라곤 할 수 없으니까. 그냥
상황 좀 알아보려고 왔어. 너한테 물어보려고."

"예?"

"그렇잖아? 머혼의 신임을 받는 네가 여기서 머혼과 전하에
게 일어난 일을 모르진 않을 거 아니야? 일단 포트리아가 아
무것도 모르는 것을 보면, 군부에서 네게 심문했을 때, 아무것
도 모르는 척하고 넘어간 거 같은데 맞지? 뭐, 다들 너를 정원
이나 관리하는 정원사쯤으로 생각하니까 말이야."

한슨은 조금은 냉정해진 눈빛으로 그녀를 보더니 툭하니
말했다.

"그렇게 말씀하시는 것을 보니, 스페라 백작님께서는 포트
리아 백작님과 함께하시는 것 같습니다."

"그러려고 했지. 근데 아무래도 그 새끼 때문에 안 되겠어.
역겨워 가지고. 그래서 여기 온 거야. 상황 좀 보고 누구 편에

설지 다시 생각해 보려고."

한슨은 스페라가 말하는 '그 새끼'가 누군지 몰랐지만, 왠지 모르게 그녀의 말이 진심임을 알 수 있었다.

한슨은 잠시 고민했지만, 어차피 운정을 통해서도 알 수 있는 사실이니 솔직하게 대답하기로 했다.

"두 분께서는 운정 도사님의 도움으로 머혼 백작의 저택으로 가셨습니다. 아마 지금도 그곳에 계시지 않을까 합니다."

"아? 그래? 그럼 다 그쪽에 있겠네? 흐음, 그럼 일단은… 야, 아이시리스."

"네?"

"너, 순간적으로 내 패밀리어가 되었다고 했잖아? 그거 끝난 거냐?"

"당연하죠. 그런 말도 안 되는 건 딱 그 프레임에만 적용되는 거예요. 도플갱어가 힘을 잃어버리는 딱 그 순간. 그 프레임에만 저와 도플갱어가 완전히 같은 동격체이잖아요. 그러니까……."

스페라는 더 듣지 않고 지팡이를 앞으로 뻗었다. 그러고는 살짝 눈을 감고 집중하니, 그녀의 지팡이에서 검은 그림자가 불쑥 튀어나왔다.

철퍽.

진흙과도 같은 그것이 꿈틀거렸다.

스페라는 아이시리스에게 말했다.

"한 번만 더 기억 좀 빌리자."

"아, 싫어요!"

"아까처럼 짧게만 할게. 어차피 곧 다 끝날 거 같은 분위기 잖아. 그러니까, 그냥 고분고분 빌려줘라. 강제로 하기 전에."

"치잇."

아이시리스는 하는 수 없이 스페라에게로 걸어갔다. 스페라는 운정을 돌아보며 말했다.

"잠깐 왕궁 밖으로 나갔다 올게. 여기서는 기억을 뽑지 못하니까. 그동안 계속 여기 있을 거야, 운정?"

운정은 고개를 저었다.

"아마도 천마신교 사람들에게 가야 하지 않을까 합니다. 더 자리를 비우는 건 좋지 않을 듯합니다."

"그래? 한밤중인데 아마 자고 있지 않을까?"

"그래도 일단 확인은 해 보고자 합니다."

"알았어. 그러면."

그렇게 말한 스페라는 아이시리스와 함께 중앙 정원에서 나갔다.

운정은 한슨에게 포권을 취했다.

"그럼 가 보겠습니다. 가르침과 위로에 감사드립니다. 제가 한 말씀은 꼭 기억해 주십시오. 이곳의 동물들이 죽지 않기 위한 방도를 알아보겠습니다."

한슨은 힘없는 미소를 짓더니 고개를 숙였다.

"무리하지 않으셔도 됩니다. 정말 괜찮습니다. 그럼 들어가
십시오."

운정은 스페라와 아이시리스가 나간 방향과 다른 쪽으로
중앙 정원에서 나섰다.

그리고 그는 천마신교 사람들이 기거하는 귀빈실에 갔다.

귀빈실의 가구들은 다 한쪽 벽으로 치워져 있었다. 그리고
그 텅 빈 공간의 중심에는 사무조가 가부좌를 펼친 채 자신
의 내공을 운용하고 있었다. 그를 제외한 다른 호법들은 아무
도 보이질 않았는데, 느껴지는 기운으로는 방 안 곳곳에 암공
을 펼쳐 몸을 숨긴 채 잠을 청하는 듯했다.

사무조가 한어로 물었다.

"오늘 올 줄 알았으면, 침상 하나를 남겨 둘 걸 그랬소."

운정은 문을 닫지 않은 채 그에게 말했다.

"괜찮습니다. 내공 수련 중이십니까? 그렇다면, 자리를 비켜
드리겠습니다."

사무조는 내공 운용을 멈추지 않고 계속해서 말했다.

"전혀 그럴 필요 없소. 오히려 내 앞에서 내가 내공심법을
운용하는 걸 보고 조언해 주셨으면 하오."

운정은 귀빈실의 문을 닫았다.

그리고 천천히 걸어와 사무조 앞에 가부좌를 틀고 앉았다.

음산한 마기가 피부 위로 느껴지기 시작했다.

한참 시간이 지나고, 운정이 말했다.

"일주천이 되는 듯하나, 운용이 극히 부자연스럽군요."

"극마의 벽을 깨달음이 아닌 편법으로 억지로 깨고 올라왔기 때문이오. 난 어차피 무에 재능이 없다는 것을 옛날부터 알고 있었소. 그래서 백도의 기준으로 일류고수였을 때, 편법을 썼소. 그 편법은 일류고수를 절정으로 만들어 주지만, 초절정에는 절대로 이를 수 없게 되는 종류의 것이었소. 미래의 가능성을 팔아서 당장의 성장을 도모하는 것이었지. 그렇다 보니, 일주천을 할 수 있어도 이 모양인 것이오."

"……"

"운정 도사, 내 제안은 생각해 보셨소?"

운정은 솔직하게 대답했다.

"여러 일들이 있어 그에 관해서 마음을 쓸 겨를이 없었습니다."

"마음이 많이 어지러웠나 보군."

"……"

"이래 봬도 난 운정 도사보다 세 배 이상의 세월을 살았소. 그러니 내 조언을 바란다면 한번 물어보시오. 운정 도사는 내 내공심법을 봐 주고, 나는 운정 도사의 마음의 짐을 봐 준다면 이는 서로 괜찮은 거래 아니겠소?"

운정은 짤막하게 말했다.

"델라이의 상황이 많이 복잡해졌습니다. 아마 이계에 신무당파를 설립하는 건 어려울 것입니다. 그래서 우선적으론 중원에 설립하는 것으로 생각할까 합니다."

"오호? 생각을 하긴 하셨군. 그럼 천마신교 내에서 신무당파를 세우는 것이오?"

"한 가지 조건이 있습니다. 교주가 신무당파의 자주성을 인정하며, 악한 일에 대해선 신무당파의 제자에게 명령하지 않는 것입니다. 그렇게 해 준다면, 신무당파가 천마신교 아래 있지 않을 이유가 없습니다. 그것이야말로 제가 마교 밖으로 나오고 싶어 하는 이유이니까요."

사무조는 피식 웃었다.

"그런 조건을 왜 내게 말하는 것이오? 교주에게 말해야 하지."

"당신이 교주를 설득해야 할 것이기 때문입니다."

"……."

"그 대가로 지금 몸속에 있는 문제를 해결할 방도를 알려 드리겠습니다."

사무조는 눈을 뜨지 않을 수 없었다.

"설마 한눈에 내 문제를 파악하고 해결 방법까지 알아낸 것이오?"

"아니요. 다만 앞으로 심력을 기울여 연구하면 금방 해결책을 찾을 수 있으리라 믿습니다."

크게 떠진 사무조의 눈에 실망감이 감돌았다.

"운정 도사처럼 총명한 자가 그런 불안정한 조건을 내걸 줄은 몰랐소."

"요구 사항도 불안정하기 때문입니다. 설득이 실패한다 해도 약속은 지키겠습니다."

사무조는 고개를 두어 차례 끄덕였다.

"아하, 둘 다 노력하기를 약속하자, 이 말이군. 난 설득을, 자넨 해결책을. 성공과 실패에 상관없이 말이야."

"서로가 전심으로."

"서로가 전심으로 말인가… 하하하, 재밌군."

운정은 사무조와 눈을 마주치고는 진지하게 물었다.

"장로님, 제 제안을 받아들이시겠습니까?"

사무조는 양쪽으로 입꼬리를 찢어 흰 이를 드러냈다.

"그럼 내 마공부터 자세히 설명하지. 구결까지 알고 보는 건 또 다르지 않겠소?"

*   *   *

타노스가 부드러운 목소리로 말했다.

"엘리스, 이번에는 좀 심한데. 10분 전에 왔잖아?"

포트리아는 옷매무새를 점검하면서 문으로 빠르게 걸어 나가며 말했다.

"시간 없어. 내가 말한 거 기억해. 알았지?"

"뭐, 알았어. 근데 진짜 그런 일이 있겠어?"

그녀는 더 말하지 않고, 급히 제작부를 나섰다. 뒤쪽으로 타노스의 볼멘소리가 들렸지만, 머릿속에 가득 찬 생각들 때문에 타노스에게 신경 쓸 겨를이 없었다.

그녀는 곧 왕궁 정문 밖으로 나갔다.

쏴아아.

쏴아아.

천둥번개는 더 없었지만, 빗줄기는 아직 굵었다. 마법으로 만든 얇은 막 아래에서 15명의 마법사들과 한 하녀가 그녀를 기다리고 있었다. 포트리아는 그 안으로 들어가며 물었다.

"왕세자는? 레이디 아이시리스는 어디 있고?"

마법사들 중 한 명이 대답했다.

"왕세자께서는 방금 혼자라도 가겠다며 머혼 백작의 저택으로 가셨습니다. 그리고 레이디 아이시리스의 행방은 이 하녀가……."

포트리아의 시선이 마법사가 가리킨 그 하녀를 향하자, 그 하녀가 몸을 조아리며 나지막하게 말했다.

"사, 사라지셨습니다."

포트리아의 두 눈동자 주위로 흰자가 번뜩였다.

"뭐?"

하녀는 포트리아의 얼굴을 보더니, 몸서리치며 고개를 푹 숙였다.

"아, 아니, 워, 원래부터 없었습니다. 저, 정말이에요."

포트리아의 머리카락이 살짝 위로 들렸다.

그녀는 얼음장 같은 표정으로 묵묵히 하녀에게 걸어갔다. 그러곤 그녀의 코앞까지 얼굴을 내밀더니 말했다.

"원래부터 없었다는 게 무슨 뜻인지 내가 이해할 수 있도록 설명해 봐."

하녀는 억울한 표정으로 포트리아를 올려다보았지만, 그녀와 눈이 마주치자마자 소스라치게 놀라더니, 또다시 고개를 푹 숙이며 기어 들어가는 목소리로 말했다.

"나, 나가신 뒤에 제가 이, 이불을 들었는데 그 안에 거, 검은 뭔가가 있었어요. 그, 그래서 제가 놀라서 뒤로 넘어졌는데, 다시 일어나서 보니까 저, 정말로 아무것도 보이질 않았어요. 그, 그냥 이불만 있었다고요."

"……"

"배, 백작님, 정말이에요. 정말로 그런 일이 일어… 히익."

스릉—!

날카로운 칼날이 뽑히자, 그 상황을 지켜보던 여러 명의 마법사들은 서로의 눈치를 보았다. 하지만 그들 중 용감히 나서는 사람은 없었다.

포트리아는 레이피어를 들고 하녀의 목 언저리에 가져가며 말했다.

"이름이 뭐냐?"

새하얗게 질린 표정을 한 하녀는 말을 마구 더듬었다.

"쥬, 쥬디, 쥬디아예요."

포트리아는 부드럽게 말했다.

"쥬디아, 머혼 백작이 네게 무엇을 약속했는지는 알 수 없다. 하지만 이번 일이 끝나고 나면 나는 델라이 최고의 권력자가 될 것이다. 어찌 보면 왕보다도 더 큰 권력이 내게로 집중될 것이다. 그때가 되면, 머혼 백작이 네게 약속한 것이 무엇이든 그보다 두 배, 아니, 열 배 이상을 줄 수 있다."

"배, 백작님, 무, 무슨 말씀을 하시… 히익!"

포트리아는 레이피어를 쥬디아의 목에 더욱 가까이 가져갔다. 날카로운 칼날을 타고 그 하녀의 붉은 선혈이 흘러내렸다.

쥬디아는 차가운 금속이 살결에 닿자, 말로 표현할 수 없는 공포를 느꼈다. 눈에는 눈물이 쉴 새 없이 떨어졌고, 몸은 사시나무처럼 떨렸다.

포트리아는 왼손을 들어 그녀의 눈물을 닦아 주며 부드러운 표정을 지었다.

"쉬, 쉬, 괜찮아. 괜찮아. 두려워하는 거 다 이해한다. 지금은 머혼 백작이 누구보다도 커 보이겠지. 하지만 그것도 잠깐이다. 그는 왕을 시해한 델라이의 반역자다. 공적이지. 그는 곧 추락해서 땅바닥에 내동댕이쳐질 것이다. 그러니까 쥬디아?"

"……."

"쥬디아, 대답해라."

"에, 예에……."

"내가 넓은 아량으로 한 번 더 기회를 주마. 그러니 이번에는 거짓말을 하지 마라. 알았지? 레이디 아이시리스는 어디에 있느냐?"

쥬디아는 달달 떨리는 입으로 겨우 말했다.

"사, 살려 주세요. 사, 살려… 살려 주세요."

"……."

"제, 제발. 사, 살려 주세요, 백작님. 제발……."

포트리아의 온화한 표정이 점차 증발했다.

그리고 아무런 감정도 없는 얼굴이 남았다.

레이피어를 쥔 손에 힘이 들어가고, 레이피어가 높게 들렸다.

그리고 그것은 그렇게 하늘 높이 튕겨져 버렸다.

포트리아는 얼굴을 팍 일그러뜨리더니 마법사들을 쏘아보았다.

"어떤 놈이냐! 누가 내 레이피어를 움직였지?"

마법사들은 영문을 모르겠다는 표정으로 서로를 보는데, 한쪽에서 누군가 큰 소리로 말했다.

"나예요, 나, 포트리아 백작."

목소리의 주인은 스페라였다.

포트리아가 그쪽으로 고개를 홱 돌리면서 큰소리를 치려고 하는 그 순간, 그녀의 두 눈에 아이시리스가 포착되었다.

굳은 표정.

힘없는 발걸음.

초점을 잃은 눈동자.

은색 체인으로 포박되어 있는 아이시리스는 영혼을 잃어버린 것처럼 보였다.

포트리아의 표정이 갑자기 환하게 변했다.

"스페라 백작! 레이디 아이시리스를 찾은 것입니까?"

스페라는 고개를 끄덕이며 지팡이를 앞으로 뻗었다. 공중에 뜬 레이피어가 둥실둥실 포트리아에게 갔다.

"예, 예. 그러니까 그 불쌍한 하녀는 좀 놔줘요."

포트리아의 표정이 순간 멍하게 변했다. 그러다가 곧 다시금 웃음을 되찾았다.

"아, 물론. 물론입니다."

포트리아가 손을 놔주자, 하녀는 급히 조아리고는 걷는 것도 달리는 것도 아닌 형태로 사라졌다.

스페라는 막 공중에서 레이피어를 잡아 든 포트리아에게
와서, 손에 쥔 은색 체인을 넘겨주었다.

"자, 여기 있어요."

포트리아는 레이피어를 집어넣고는 은색 체인을 떨떠름하
게 받으며 말했다.

"그, 그런데 스페라 백작께서는 어쩐 일입니까?"

스페라는 어깨를 한 번 들썩거리더니 대수롭지 않다는 듯
말했다.

"뭐, 왕궁이 답답해서 잠깐 밖으로 나와 있었어요. 그러다
가 도망치는 아이시리스를 발견했는데, 또 운 좋게 포트리아
백작님의 목소리가 들려서 데려왔지요. 그런데 우리 애들은
왜 데리고 있는 거예요?"

그녀의 말은 어린아이가 들어도 방금 지어낸 거짓말인 것
을 알 만한 수준이었다. 하지만 포트리아는 더 뭐라고 하지
않았다. 의심은 갔지만, 그 의심을 해결할 만큼 입씨름을 할
자신이 없었다.

포트리아는 한 손으로 관자놀이를 꾹 집으며 말했다.

"머혼 저택에 노매직존을 펼칠 마법사가 필요해서 말입니다."

스페라는 이상하다는 듯 말했다.

"왜 굳이 마법전을 피하세요? 내가 도와주면 되잖아요?"

"스페라 백작님이 나서면 어차피 그쪽에서 노매직존을 펼칠

겁니다."

"흐음. 그럼 나만 있으면 되지, 이들이 갈 필요는 없는 거 아닌가? 설마 날 못 믿는 건가요? 서재의 모든 지식을 주는 대신에, 제가 도움을 드리기로 했잖아요?"

"물론 스페라 백작님의 도움을 받으면 좋겠습니다만, 이번 일은 저 혼자서도 할 만한 일이기에 굳이 부탁하지 않았습니다."

"그럼 그들을 돌려보내세요. 제가 직접 가겠어요. 내가 노매직존을 펼칠 수 없는 것도 아니니까."

포트리아의 눈이 낮게 가라앉았다.

"굳이 그러실 필요가 있겠습니까? 듣자 하니, 유성이 충돌하기까지 5일밖에 걸리지 않는다는군요."

스페라가 믿지 못하겠다는 듯 되물었다.

"뭐라고요?"

포트리아는 한쪽으로 작게 미소 지으며 말했다.

"마법부에서 그런 계산을 내놓았습니다. 그렇게 되면 왕가의 서재 또한 무너지기까지 5일밖에 남지 않을 텐데, 그 안에 모든 지식들을 탐구하려면 잠조차 사치 아니겠습니까? 그런데 저랑 머혼 백작에게 갈 시간은 있겠습니까?"

스페라는 눈길을 돌려 15명의 마법사들을 보았고, 그들은 모두 동시에 고개를 끄덕이며 포트리아의 말이 진실임을 확인시켜 주었다.

스페라는 팔짱을 끼더니 말했다.

"흐음. 정 그렇다면야, 뭐. 알겠어요. 나 없이는 해결할 수 없는 일이 아니라면 부르지 마요, 알았죠? 앞으로 아이시리스는 간수 잘하시고요."

"물론입니다, 스페라 백작."

스페라는 그 즉시 공간이동주문을 사용해 사라졌다.

그 허공을 바라보던 포트리아가 중얼거렸다.

"머혼이 죽기 전까지는… 확실한 게 좋겠지. 자, 다들 머혼 백작의 저택으로 공간이동하자."

그녀의 명령이 떨어지자, 15명의 마법사들은 둥그렇게 모여섰다. 그리고 각자의 지팡이를 꺼내 공간이동마법을 시전했다.

[텔레포트(Teleport).]

그렇게 아이시리스와 포트리아, 그리고 15명의 마법사들은 머혼의 저택 주변 흑기사들 진지 뒤쪽으로 공간이동했다.

가까운 거리라서 그런지 어지러움증은 확실히 덜했다. 머리를 한 번 흔드는 것으로 정신을 차린 포트리아는 마법사들에게 일갈했다.

"포위망 안쪽으로! 즉시 노매직존을 펼친다."

15명의 마법사들은 고개를 한번 끄덕인 뒤, 포위망 뒤쪽으로 서서히 넓게 퍼지기 시작했다.

포트리아는 은색 체인을 한 번 잡아끌었다. 그러자 아이시리스가 공중에서 한 번 허우적거렸다. 그녀는 어떠한 말도 하지 않았고, 어떠한 표정도 짓지 않았다. 마치 인형과도 같았다.

포트리아는 그녀를 내려다보며 나지막하게 말했다.

"아버지를 원망해라, 아이시리스."

"……."

"잘 따라오면 더 이상 해는 없을 것이다."

그녀는 성큼성큼 걸었다. 그리고 그 뒤로 은색 체인에 포박된 아이시리스가 뒤따라 걸었다. 포트리아의 걱정과는 다르게, 아이시리스는 매우 순종적이었다.

빗속을 뚫고 온 그녀는 병사들을 제치고 군막 안으로 들어섰는데, 그곳에는 꽤 많은 인원들이 있었다.

슬롯과 여러 흑기사들은 물론이고, 저택에 있어야 할 인물들까지 보였다.

포트리아는 눈초리를 좁혀 그들을 바라보며 말했다.

"아시스? 고폰?"

그녀가 레이피어를 꺼내 들자, 슬롯이 자리에서 일어나며 말했다.

"이들은 전령으로 온 것입니다."

"뭐?"

"전령입니다. 이들에게 해를 끼칠 수는 없습니다, 포트리아 백작."

포트리아는 그들을 다시금 노려보며 분노를 토해 냈다.

"전령이라니! 반역자에게 무슨 전령이라는 것이냐! 슬롯 경, 이제 자네도 실성한 것인가? 응? 도대체 단 한 며……."

그녀의 말을 아시스가 막았다.

"아이시리스!"

그녀는 자리에서 일어나더니, 빠른 걸음으로 아이시리스에게 다가왔다. 포트리아는 은색 체인을 뒤로 잡아당겨, 아이시리스를 뒤로 넘어지게 만들더니 레이피어를 뽑아 그 목 언저리에 가져갔다.

"거기 멈춰 서라, 반역자! 동생이 이대로 죽지 않기를 바란다면 말이야."

아시스는 죽일 듯이 포트리아를 노려보았지만, 그 말대로 하지 않을 수 없었다.

포트리아는 슬롯에게 다시 소리치기 시작했다.

"이들을 모두 체포해, 슬롯 경."

"……."

"슬롯!"

슬롯은 움직이지 않았다.

그저 손을 모은 채 그녀를 뚫어지게 지켜보았다.

그리고 깊은 숨을 들이마셨다가 크게 내쉬기를 반복했다.

천막 안에 정적이 흐르기 시작하고, 모든 이는 슬롯처럼 포트리아를 바라보았다.

포트리아는 웃었다. 슬롯은 그녀의 웃음소리가 사라지기까지 기다려 주었다.

"크하, 하, 하하, 크하하, 크하하하, 크하하하! 크하하! 하핫! 하하핫! 흡, 하, 하핫, 하, 하아. 후우, 후우, 후우… 후우, 후… 후, 후, 후, 후……."

그녀의 웃음소리는 곧 거친 숨소리가 대신했다.

슬롯이 물었다.

"포트리아 백작, 왕께서 죽은 것을 직접 보셨다고 했지요?"

포트리아는 거친 숨을 억지로 참았다. 그러곤 담담히 대답했다.

"그렇네."

"그럼 즉사저주가 발동했을 텐데, 왜 머혼 백작께서 살아계신 겁니까? 직접 보시지 않았습니까?"

포트리아는 잠시 슬롯을 바라보다가 대답했다.

"머혼이 바보라고 생각하는가? 당연히 직접 손을 쓰지 않았지. 옆에 있던 기사 한 명에게 명령을 내렸네."

"전하께 걸린 즉사저주는 그런 단순한 수준이 아닙니다. 상급 저주이지요. 살해자를 보복 살인하는 것은 물론이고, 그 살해자와 함께 살인에 가장 크게 관여한 자들까지도 죽입니다. 머혼 백작의 명령을 따른 기사가 전하를 시해했다면, 그 명령을 내린 머혼 백작도 무사할 순 없습니다."

"전하께서는 최근에 즉사저주를 갱신했네. 전쟁 중이어서 허겁지겁 한 것으로 알고 있어. 그러니 즉사저주도 낮은 수준의 것으로 급히 끝냈을 수 있지. 무엇보다 이 사실을 머혼 백작이 더 잘 아네. 알고 그랬을 것이야."

슬롯은 자리에서 일어나며 말했다.

"여기 계신 레이디 아시스께서는 오히려 포트리아 백작께서 전하를 시해했다고 합니다."

"들을 가치도 없는 망언이군. 설마 그 말을 믿는 것인가? 그럼 나는 왜 살아 있나? 나는 왜 즉사저주에 죽지 않았지? 애초에 이 의심을 하는 것 자체가, 머혼 백작이 살아 있기 때문 아닌가? 모순이다, 슬롯 경."

"글쎄요. 다만 두 분의 주장이 엇갈리니 흑기사들은 이를 확실히 한 뒤에 움직일 겁니다."

"뭐라고?"

슬롯은 손을 뻗었다.

"왕관을 주시지요, 포트리아 백작."

"……."

"왕관을 주세요. 당신의 말이 진실이라면."

슬롯의 눈길은 한없이 깊었다.

포트리아는 가만히 그를 마주 본 채로 가만히 있었다.

군막 안에는 다시금 침묵이 감돌기 시작했다.

전과는 다른, 사늘하기 그지없는 침묵이었다.

그때 누군가 군막 안으로 들어섰다.

"그래, 맞아! 왕관! 왕관을 줘야 할 거 아니야, 응?"

포트리아는 순간 자신의 어깨를 감싸는 거친 손길에 화들짝 놀라 고개를 옆으로 돌렸다.

그곳에는 음흉한 표정을 한 찰스 왕세자가 비릿한 미소를 짓고 있었다.

"저하."

"저하."

"저하."

모두들 고개를 숙이며 인사했다. 찰스는 비에 젖은 머릿결을 한 번 쓸어 올렸다. 그리고 불만족스럽다는 듯 그들을 한 번 훑어보더니 말했다.

"전하겠지. 앞으로 제대로 해. 그리고 포트리아. 왕관 내놔. 또 뺨 처맞기 싫으면."

포트리아의 입술이 파르르 떨렸다. 하지만 그녀는 왕관을 주지 않을 수 없었다.

그녀는 외투에 손을 넣었다. 그리고 왕관을 꺼냈다. 그리고 찰스에게 건넸다. 그 모든 행동을 하는 동안, 그녀는 자신의 손을 제대로 다스릴 수 없었다. 외투에 손을 넣는 것도, 왕관을 잡는 것도, 그리고 찰스에게 내미는 것도, 마치 처음 몸을 움직이는 아이처럼 어색하기 그지없었다.

수시로 떨렸고, 수시로 불안정했다.

찰스는 그런 모습을 물끄러미 보다가, 곧 왕관을 낚아채더니 말했다.

"내 애완동물도."

"⋯⋯."

"애완동물도 줘야지? 언제까지 산책시킬 거야?"

그의 말을 이해하는 데 다들 잠깐의 시간이 걸렸다. 가장 먼저 반응한 것은 아시스였다.

"설마! 지금 내 동생을 애완동물이라 말한 거예요?"

찰스는 그녀에게 고개를 돌렸다. 느린 시선으로 그녀의 위부터 아래까지 찬찬히 훑은 뒤에, 혓바닥을 내밀고 입술을 한 번 닦았다.

"너도 곧 그렇게 될 거니까, 너무 질투하지 않아도 돼."

"차, 찰스 오라버니⋯ 역시 소문이 사실이었군요!"

찰스는 한쪽 입꼬리를 올렸다.

"왜? 성인이 됐으니까 더글라스 델라이 왕세자라고 부른다며? 아, 이젠 델라이 전하라고 해야지. 안 그래?"

아시스는 더 이상 혐오감을 숨기지 않았다.

"파렴치한 자식!"

"반역자의 직계자손은 처형감이야. 내가 특별히 목숨만은 살려 주겠다는데, 감사하지는 못할망정 왕한테 욕을 해? 흥, 어차피 그 버릇도 다 고쳐 주마."

아시스가 분노에 치를 떨며 아무런 말도 하지 못하자, 슬롯이 그에게 말했다.

"아직 사건의 진상이 밝혀지지 않았습니다. 그러니 그녀가……."

찰스는 그 말을 잘라 버렸다.

"밝혀졌어, 슬롯 경. 머혼 백작이 내 아버지를 시해했지."

"하지만 여기 계신 레이디 아시스의 말로는……."

"당연히 지들이 안 했다고 했겠지. 자기 입으로 범죄를 자백할 정도의 인물이라면 애초에 아버지를 죽이지도 않았을 거야, 안 그래?"

"왕세자님, 제 말을 한번……."

"입 닥쳐. 그놈의 왕세자. 이거 안 보여? 응? 아, 그래. 머리에 안 썼으니까 이해해. 자, 잘 보라고. 머리에 쓴다?"

"……."

찰스는 들고 있던 왕관을 머리에 썼다. 마치 혈통을 증명이라도 하듯, 그의 머리에 쏙 맞았다. 그 모습을 본 슬롯과 고폰은 젊은 적의 선왕을 연상하지 않으려야 않을 수 없었다.

찰스는 슬롯을 향해서 손가락을 뻗더니 까딱거렸다.

"나와라, 거기서. 이거 왕이 내리는 명이다."

슬롯은 한참 그를 보다가, 곧 경례를 하더니 옆으로 비켜섰다.

"예, 전하."

찰스는 은색 체인을 잡아끌어 아이시리스를 일으켜 세우고는, 그녀를 끌고 상석까지 걸어갔다. 아시스는 물론이고 고폰조차 그 모습을 보며 얼굴이 붉으락푸르락해졌다.

찰스는 마치 승리한 전쟁 영웅처럼 당당히 걸음을 옮겼다.

한 발자국. 두 발자국.

그가 멀어짐에 따라 포트리아의 표정에 긴장감이 서리기 시작했다. 그녀의 시선은 찰스의 왕관에 꽂혀 있었고, 그녀의 발은 수시로 앞으로 나가려고 들썩거렸다. 하지만 슬롯의 시선이 자신을 향하고 있다는 것을 인지한 그녀는 마음의 바닥을 박박 긁어서 인내심을 모아 겨우 그 자리를 고수했다.

하지만 인내심도 금세 메말라 버렸다.

세 발자국. 네 발자국.

다양한 질문들이 포트리아의 머리를 오갔고, 그녀는 서서히 자신을 옥죄는 공포심에 저항하기 어려웠다.

언제일까? 노마나존의 범위는 어느 정도 될까? 얼마나 멀어지면 죽는 거지? 죽을 땐 어떻게 죽는 거지? 심장마비? 그것도 아니면 그냥 바로 죽어 버리는 건가? 적어도 내가 죽는다는 건 인지할까? 혹시, 지금 내가 이미 죽은 것은 아닌가?

어떻게 다가가지? 무엇을 빌미로 하지? 어떤 구실을 만들지?

옷이 흐트러졌다고 할까? 왕관을 제대로 쓰지 않았다고 할까? 앞으로 가서 충성을 맹세할까? 아니면 아이시리스에게 선처를 베풀어달라고 할까? 그도 아니면, 레이피어를 뽑아서 달려가 그를 살해할까? 그러면 다들 용서해 주지 않을까? 머혼도 나에게 자비를 품지 않을까? 왕관에 걸린 마법쯤이야, 스페라에게 부탁해서……

"아, 맞다. 포트리아."

찰스가 걷다가 멈춰 서자, 포트리아는 이루 말할 수 없는 안도감을 느꼈다. 너무나 포근하여 이대로 기절할 것 같았다.

정신은 아득해졌고, 몸은 앞으로 쏠렸다. 눈은 감겨 왔고, 다리에선 힘이 풀렸다. 그렇게 그녀는 이성을 잃으며 아래로 푹 꺼졌다.

그리고 그 잠깐의 휴식이 작은 의지력을 만들어 냈다. 순간적으로 다시 정신을 되찾은 포트리아는 온몸에 힘을 주었다. 하지만 이미 떨어지는 몸을 막을 수는 없었다. 때문에 그녀는 가까스로 부복 자세를 취했다.

그녀는 그렇게 한쪽 무릎을 꿇고 고개를 숙였다.

"예, 전하."

찰스가 말했다.

"이쪽으로 와. 보아하니, 자네만큼 믿을 만한 사람이 없어. 항상 내 옆에서 내게 조언을 해 줬으면 해."

포트리아는 온몸이 나른해지는 것을 느꼈다. 때문에 억지로 힘찬 목소리를 냈다.

"예. 알겠습니다, 전하."

그녀는 자리에서 일어나 천천히 찰스에게로 걸어갔다.

찰스는 슬롯이 있었던 상석에 앉아 두 다리를 상 위에 올렸다. 아이시리스는 그의 왼편에 섰고, 포트리아는 그의 오른편에 섰다.

찰스가 고폰에게 말했다.

"머혼 백작에게 가서 말을 전해라. 딸들이 유린당하는 것을 보기 싫다면 당장 저택에서 튀어나와서 내 앞에 무릎을 꿇으라고. 10분, 10분이면 되겠지. 그 안에 내 앞에 있지 않으면, 아시스와 아이시리스를 차례대로 강간하고, 병사들에게 던져 줘서, 개만도 못한 신세로 만들어 주겠다."

"……"

고폰은 주먹을 꽉 쥐고, 가만히 있었다. 그는 아시스를 한 번 보았는데, 아시스가 그를 보며 조용히 속삭였다.

"가세요. 어차피 전 동생을 두고 갈 수 없어요."

"레이디."

"당신이 죽으면 아버지는 누가 지키나요? 왕세자의 마음이 바뀌기 전에 어서 가세요."

아시스의 말에는 틀린 것이 없다.

고폰은 이를 악물더니 군막에서 나가 버렸다.

찰스는 그 모습을 보고 피식 웃더니 슬롯에게 말했다.

"기사라는 자가 꽁무니를 말고 도망가는 꼬라지하고는… 슬롯 경, 아시스를 포박해."

슬롯은 그의 앞에 무릎을 꿇었다.

"전하, 그런 협박은 왕의 위엄에 어울리지 않는 행동입니다. 다시 한번 생각해 주십시오."

"지금 왕에게 항명하는 건가, 슬롯?"

"……."

"그런 거야?"

슬롯은 부복한 채로 거친 숨을 몇 번이나 내뱉었다. 하지만 그는 곧 나지막하게 말할 수밖에 없었다.

왕의 명령은 기사에게 절대적인 것이다.

"가서 포박해라, 톰."

톰이라 불린 흑기사는 수치스럽다는 표정을 도저히 숨길 수 없는지 그 얼굴에 그의 마음이 그대로 드러났다. 아시스는 무기를 내려놓고 갑옷을 풀며 말했다.

"당신을 탓하지 않습니다. 그러니 명령대로 하세요."

톰은 아무런 말도 하지 않고, 그녀의 무기와 아머 파츠(Armor parts)들을 하나씩 받았다. 그리고 한쪽에 있던 병사가 가져온 쇠사슬로 그녀의 손을 뒤로 묶었다.

그 모습을 찬찬히 지켜보던 찰스는 쾌락에 점철된 목소리로 말했다.

"자, 배반자의 자식들 빼고 다 나가."

"……."

"……."

"다들 나가라고. 아, 맞다. 포트리아 백작, 포트리아 백작은 있어도 돼. 그러니까 그렇게 하얗게 질린 얼굴은 하지 말라고, 큭큭큭."

"……."

"……."

그 말에 기사들이 하나둘씩 나갔다. 마지막까지 남은 슬롯은 고개를 들고 포트리아를 뚫어지게 보았다.

"내 말 안 들려? 다 나가라고! 왕명이야!"

"예, 전하."

슬롯은 자리에서 일어나면서도 포트리아를 주시했다. 포트리아는 그와 시선을 마주치지 않고, 끝까지 땅을 보았다.

슬롯이 대답을 하고서도 가만히 있자, 찰스의 얼굴이 일그러지기 시작했다. 그가 뭐라고 소리치려는 순간 그는 곧 몸을 돌려 군막 밖으로 나갔다.

군막 안에는 찰스와 아시스 그리고 아이시리스와 포트리아, 넷만이 남았다.

찰스는 자리에서 서서히 일어나면서 포트리아를 향해 말했다.

"내가 어렸을 때, 아버지께서 재밌는 이야기를 해 줬었지. 왕은 왕관의 마법을 발동시킬 수 있는데, 그 마법이 발동되면 주변에서 어떠한 마법적인 영향도 안 받는다고 말이야. 단순히 마법의 시전을 막는 것을 넘어서 아예 마법 자체가 사라져 버린다고 했어. 이미 시전된 마법도, 물체를 의미로 움직이는 것도, 그리고 저주의 발동조차 말이야."

포트리아는 찰스와도 눈을 마주치지 않으며, 감흥 없다는 듯 되물었다.

"그렇습니까?"

찰스는 다시금 피식 웃더니, 말했다.

"희귀하기 짝이 없는 드래곤 본(Dragon Bone)으로 만들어 졌다고 했나? 세상에는 재밌는 게 참 많아, 안 그래, 포트리아 백작?"

"……."

포트리아가 아무런 대답도 하지 않자, 찰스는 재미없다는 듯 입맛을 한 번 다시더니, 곧 그 자리에서 나와 천천히 아시스에게로 갔다. 아시스는 그를 죽일 듯 노려보았는데, 그가 가까이 다가가자, 그 얼굴이 침을 뱉었다.

"퉤!"

찰스는 방긋 미소 짓더니, 얼굴을 닦았다. 그러곤 나지막하게 말했다.

"당장에라도 네년이 처한 현실을 알려 주고 싶다만… 흐음 네년은 네 아버지 목을 앞에 세워 두고 하기로 정했으니까 그 때 알려 주기로 하지. 그 전에 동생을 보며 한번 간접적으로 경험해 봐."

그렇게 말한 찰스는 한 손에 든 은색 체인을 확 잡아끌었다. 그러자 아이시리스가 앞쪽으로 벌러덩 엎어졌다.

찰스는 그 모습을 보곤 입술에 침을 발랐다. 그리고 아시스를 한 번 흘겨보며 음흉한 미소를 짓더니, 주섬주섬 자신의 바지를 벗기 시작했다.

아시스는 그에게 달려들었다.

"이, 개같은 자식!"

아시스의 발차기는 빠르고 정확했다. 하지만 발차기는 본래 팔의 움직임도 중요한 법이다. 어느 정도 무술을 갈고닦은 찰스는 그 발차기를 쉽사리 피할 수 있었다.

휙.

휙.

아시스의 발이 몇 번이고 공중을 지나갔다. 그러다가 한순간 찰스의 손에 잡혔다.

탁.

찰스는 그대로 다리를 잡은 채 무릎뼈를 뽑아 버렸다.

"아악—!"

아시스는 비명을 지르며 그대로 아래로 꼬꾸라졌다. 찰스는 그 모습을 가소롭다는 듯 보다가 툭하니 말했다.

"부드럽게 뽑았으니까, 너무 걱정 마. 후유증은 없을 테니까."

"아악. 개, 개자식. 으윽, 흐윽."

바닥을 뒹구는 아시스의 벌게진 두 눈에서 눈물이 흘러나왔다. 그녀의 두 눈은 타들어갈 듯한 분노를 품고 있었지만, 고통에 의해 수시로 감겼다.

찰스는 그런 그녀를 욕정이 가득한 눈길로 내려다보다가 겨우 눈을 감으며 깊게 숨을 마셨다.

"후후우웁. 참아야지, 참아야지. 참아. 참아. 바로 메인 디쉬를 먹으면 되겠나. 일단은 애피타이저부터지. 하하하."

그는 그렇게 말한 뒤에, 천천히 아이시리스에게 다가갔다. 아이시리스는 엎어진 그대로 누워 있었는데, 그녀의 두 눈은 완전히 죽은 것처럼 보였다.

찰스는 그 앞에 앉으면서, 자신의 허리끈을 풀어 헤쳤다. 그리고 아이시리스의 얼굴을 잡아 들었다.

포트리아는 시선을 들어, 찰스를 보았다. 그가 자신의 더러운 흉물을 꺼내는 모습은 지금껏 그녀가 보았던 모든 것들 중 가장 추했다.

그녀는 속이 미친 듯이 메스꺼워지는 것을 느꼈다. 지금까지 계속해서 참았지만, 더 이상은 참을 수 없었다. 그녀는 얼른 고개를 돌려, 그 추한 것을 보지 않으려 했다.

하지만 그럼에도 위장이 뒤집어지는 기분은 전혀 나아지질 않았다.

오히려 진해졌다.

당연하다.

한껏 게워 낸 더러운 토사물을 봐서 느낀 것이 아니다.

빗물로 만들어진 흙탕물 속을 기어서 느낀 것이 아니다.

어린 소녀의 처량한 울음소리를 들어서 느낀 것이 아니다.

그래서 느낀 역겨움이라면 눈과 귀만 닫아도 사라질 것이다.

하지만 그렇게 사라질 역겨움이 아니다.

모든 감각이 사라진다 해도 여전히 느낄 것이다.

시체가 되어서도 영원히 역겨울 것이다.

"개인적으로 전 당신을 존경합니다, 포트리아 백작. 이 세상에는 당신처럼 고결한 사람이 거의 없지요. 단언컨대, 지금까지 당신만큼 마음을 얻기 어려운 사람은 없었습니다."

머혼만큼 사람을 잘 보는 이가 어디 있던가?

포트리아는 결국 받아들였다.

스스로도 자신의 고결함을 꺾을 수 없음을.

레이피어가 흔들거렸다.

"어? 어?"

찰스는 순간 시야의 중심이 검게 변하는 것을 봤다. 뭔가 싶어 눈을 깜박거렸다. 하지만, 그의 두 눈은 깜박여지지 않았다.

그는 고개를 들고 위를 보았다. 하지만 여전히 검은 점은 그의 시야를 따라다녀 그가 보고자 하는 것을 가렸다.

"무, 무스……."

말도 제대로 나오지 않았다.

찰스는 곧 뒤로 꼬꾸라졌다. 그가 마지막으로 본 것은 그 검은 점이 갑작스레 멀어지면서 레이피어가 되는 신기한 광경이었다.

아시스가 외쳤다.

"포트리아 백작!"

포트리아는 찰스의 미간에서 뽑은 레이피어를 물끄러미 바라보았다.

그녀의 눈은 죽은 것 같았다.

아니, 눈동자가 존재하지 않는 것 같았다.

포트리아는 손을 뻗어 찰스의 머리에 쓴 왕관을 벗겼다. 그리고 그것을 들고 아시스에게로 다가왔다. 아시스가 경계 어린 시선으로 포트리아를 보는데, 포트리아는 왕관을 주며 말했다.

"이걸 머혼에게. 축하드린다고 전해 주십시오."

아시스는 왕관을 내려다보다가 손을 뻗어 잡았다.

포트리아는 지친 미소를 짓더니, 양손으로 그녀의 빠진 발을 붙잡았다. 그리고 강한 힘을 주어 무릎을 다시 맞춰 주었다.

"으윽."

순간적인 고통은 컸지만, 빠진 무릎이 제자리를 찾자 시원한 느낌이 들었다.

아시스는 절뚝거리며 자리에서 일어났다. 그동안 포트리아는 죽은 찰스의 손에서 은색 체인을 빼앗아 들고 아이시리스를 데리고 왔다.

"높은 확률로, 당신이 머혼의 상속자가 되겠지요."

"……"

"앞으로 델라이를 잘 부탁드리겠습니다."

포트리아는 고개를 숙여 인사했다.

아시스는 아이시리스를 꼭 붙잡고는 포트리아를 보았다. 포트리아는 고개를 숙인 채로 미동조차 하지 않았다.

아시스는 입을 몇 번이고 달싹였지만, 결국 아무런 말도 나오지 않았다. 그녀는 아이시리스와 함께 군막을 빠져나갔다.

포트리아는 고개를 숙인 채로 자신을 내려다보며 중얼거렸다.

"후우, 포기하면 빠른 것을. 너무 추했구나. 너무 추했어. 마지막은 깨끗하게 가겠다고 늘 다짐했건만······."

정신이 맑았다.

마음이 편안했다.

역겨움이 많이 가셨다.

두려움도 찾아오지 않았다.

천천히 발을 떼 걷기 시작했다.

상석으로 가 편한 자세로 앉았다.

상 위에는 지형이 그려진 지도가 있었다.

자연스럽게 시선이 움직여 그 지도를 살펴보았다.

지도 위에는 병사나 기사들을 대신하는 말들이 없었다.

고폰과 아시스를 군막 안으로 들이면서 슬롯이 다 치웠을 것이다.

하지만 전체적으로 어디에 무슨 말이 있을지 전부 예상할 수 있었다.

"뒤가 좋네. 숲이 있으니까, 아마 밤에는 어렵겠지만. 해가 뜰 때쯤이면 괜찮을 거야. 그럼 기사들은 이쪽으로 움직일 거고. 흐음. 아침 햇빛을 노려서 동쪽을 등지면··· 흐음. 그래 이 언덕쯤이 좋겠어. 이 언덕에서 맞붙는다면 승기를 취하기··· 취하기 쉽겠지. 하지만 그리 호락호락할까? 이걸 적들도 모를 리가 없지. 아마, 여기다가 함정을 설치할 거야. 무슨 함정일까? 이런 지형이라면 땅을 파도 의미가 없잖아? 그러면 기름

칠을 해 놓고 불을 지르는 건? 바람이 이쪽으로… 이쪽으로…
이쪽… 으로……."

델라이의 장군.

엘리스 아우스토스 포트리아 백작이 고개를 떨궜다.

마침, 델로스에 내리던 비가 그쳤다.

＊   ＊   ＊

스페라가 마법부에 들어서자, 수석마법사 알비온이 한쪽에
서 그녀를 발견하고 크게 말했다.

"스페라 백작님!"

그는 늙은 몸을 바삐 움직여 그녀 앞에 왔다. 스페라는 천
체의 그림이 그려진 화면을 올려다보며 말했다.

"닷새 남았다며? 뭐가 어떻게 된 건지 확인하고 싶어서 왔
어."

"닷새도 아닙니다. 고용한 수학자들이 다시 계산했을 때는
이틀로 앞당겨졌습니다."

"뭐?"

"정확하게는 55시간입니다."

"……."

"더 이상 계산은 무의미하다고 생각합니다. 그래서 지금이

라도 당장 대피를 서둘러야 할 것 같습니다."

스페라는 잠시 멍하니 화면을 보다가 말했다.

"기존의 방식으로 계산한 거지?"

"예."

"새로운 방정식은? 나오고 있어?"

"처음에는 중력의 영향이겠거니 해서 2차까지만 계산했습니다만 계속해서 더 빨라지는 것 같아 아무래도 기하급수적인 영향 또한 받는 듯합니다. 때문에 정확한 방정식을 산출하는 데 어려움이 따르고 있습니다."

"유성의 질량이 소모되는가 보네? 기하급수도 포함되었으면."

알비온은 고개를 끄덕였다

"질량은 줄어들고 있습니다. 그래서 충돌 시에 도시 전체가 소멸되거나 하진 않을 듯합니다. 하지만 정확히 왕궁을 목표로 하고 있어서, 왕궁은 재도 안 남고 사라질 것입니다."

"질량을 줄이면서 속도를 얻는 건가? 그런 게 가능해? 이동하는 유성의 질량을 임의로 줄일 수 있냐고?"

"불가능하지요. 그런 게 가능했으면, 꿈에도 그리던 미티어 스트라이크의 소형화도 진작 이뤄졌을 겁니다."

"그럼 마법이 아니라 자연현상이겠어."

"예?"

스페라는 손가락을 뻗어서 한쪽 화면을 가리켰다.

"봐 봐. 너무 심하게 빛나지 않아? 꼬리도 너무 길고. 기체화가 아니라면 뭐로 설명할 수 있는데? 속도가 빨라지면 빨라질수록 더 빠르게 작아지고 있지?"

"네."

"애초에 유성을 고를 때부터 의도적으로 저런 놈을 고른 거야. 일정량 이상으로 가속하면 안에서 압력이 작용해서 불이 붙는 놈으로. 휘발성이 강한 물질로 되어 있겠지, 아마. 찾는 것도 그리 어렵지 않았을걸? 제국은 항상 대놓고 미티어 스트라이크 마법을 연습했었으니까."

"……."

"뭘 그렇게 봐. 불은 내 전문이야. 불이 왜 나는지 일일이 설명해 줘? 공기가 없는 곳에서도 불은 날 수 있어. 안 그랬으면, 애초에 서로 다른 엘리멘트(Element)겠어?"

"아닙니다. 그럼 앞으로 어떻게 하면 될까요? 대피를 명령할까요?"

"글쎄다. 일단 계산부터 해 보자. 충돌 시간하고, 크기하고. 수학자들 어디 있어? 내가 같이하면 더 정확히 계산할 수 있을 거야."

알비온은 소매를 걷는 스페라를 보며 그녀가 델라이의 천재의 스승이라는 사실을 새삼스레 깨달았다.

한쪽에 모여 있는 수학자들은 세 명이었다. 청년과 중년 그리고 노년의 남자들로, 그들이 양손으로 감싸고 있는 각각의 수정구는 그 안에 수없이 많은 금빛 문자들이 얽히고설켜 있었다.

스페라가 그들 앞에 서자, 정신없이 수정구를 바라보던 그들이 그녀를 올려다보았다.

그녀가 말했다.

"새로운 방정식은 찾았어?"

가장 나이 든 수학자가 말했다.

"저희도 방금 막 도착했습니다. 기존 방식으로 충돌 시간을 계산하느라 새로운 방정식은 이제 막 계산 중에 있습니다."

스페라의 눈이 반쯤 감겼다. 그녀는 옆으로 손을 휙 뻗었다. 그러자 지팡이가 그녀의 손에 잡혔는데, 그녀는 그 지팡이 끝에 달려 있는 퍼플 마나스톤(Purple Manastone) 하나를 떼서 그 수정구들의 중앙에 올려놓았다.

"이, 이건?"

"퍼, 퍼플 마나스톤?"

그들은 경악하며 그 퍼플 마나스톤에서 눈을 떼지 못했다.

스페라가 툭하니 말했다.

"이거 써서 아티팩트의 출력을 최대로 끌어올려."

"……"

"……"

"……"

"얼른!"

스페라가 소리치자, 수학자들은 각자 눈을 감고 집중에 들어갔다. 그러자 퍼플 마나스톤의 빛이 살짝 연하게 변하면서, 세 수정구 안의 황금빛 문양들이 미친 듯이 흔들거리기 시작했다.

스페라가 그 모습을 보더니, 알비온에게 말했다.

"간단하게 시간 나온 것만 읊어 봐."

"예?"

"복잡하게 할 것 없이, 그냥 계산점만 읊으라고, 한 시간 전에 12일 14시간이라고 했나"

"정확히는 53.3분 전에 나온 충돌 예상 시간은 12일 14시, 아니, 18,120분이었습니다."

"좋아. 다른 건?"

"22.1분 전에 나온 충돌 예상 시간은 7,344분입니다. 그리고 1.1분 전에 나온 충돌 예상 시간은 3,300분입니다."

"그럼 그 세 점을 이용해서 충돌 예상 시간을 0분으로 측정할 시간을 찾으면 되겠네."

"예?"

"네?"

"······."

"······."

알비온과 세 수학자들은 스페라를 보았다.

스페라는 어깨를 들썩였다.

"그니까, 18,120분하고 53.3분. 7,344분하고 22.1분. 그리고 3,300분하고 1.1분. 이렇게 세 점으로 해서, 0분이 몇 분에 나올지 계산하면 된다고. 대강 생각해 보면 거의 선으로 나올 거 같은데."

그 말에 나이 든 수학자가 반박했다.

"계산은 그렇게 간단하지 않습니다. 애초에 충돌 예상 시간과 그 값을 계산한 시간의 연관 관계도 모르는데, 그걸 그냥 1차로 놓는 것 자체가······."

스페라는 그 말을 잘랐다.

"수학자 니들의 문제가 뭔지 알아? 너무 복잡하게 머리 굴리는 거야. 지금 그 연관 관계를 알아서 뭐 해? 연구할 것도 아니고. 지금 중요한 건 언제 유성이 수도에 떨어지냐라고. 그거 하나만 알면 되잖아? 연구는 나중에 해, 나중에. 지금은 급한 것만 찾자고. 게다가 거의 선 위에 점들이 있으니까, 1차든, 2차든, 급수든 뭐든 오차 안 클 거야. 기껏 해 봤자 10% 안이겠지."

"……."

"……."

"……."

"얼른!"

세 수학자는 언짢은 표정을 숨기지 않았지만, 더 말하지 않고 수정구를 만지작거렸다. 세상에서 가장 많은 마나를 품고 있는 퍼플 마나스톤에 의해서 극한으로 가속된 수정구는 금세 계산 결과를 내놓았다.

가장 젊은 수학자가 계산값을 말했다.

"기존의 방정식으로 계산한 충돌 예상 시간이 0분이라고 놓으면 그 계산을 우리가 내놓을 시간은……."

"시간은?"

"앞으로 7.7분 후로군요."

"……."

젊은 수학자는 고개를 저으며 말했다.

"거봐요, 이렇게 계산하면 안 된다니까요. 수학은 그리 쉬운 것이 아니……."

젊은 마법사는 더 말할 수 없었다.

마법부 창밖으로, 어떤 달 뒤에서부터 갑자기 튀어나온 새로운 별이 밤하늘을 환하게 밝혔기 때문이다.

그 별은 다른 달들을 모두 합친 것보다 밝게 빛났다.

　　　　＊　　　　　＊　　　　　＊

"태극음양마공(太極陰陽魔功)?"

운정의 갑작스러운 말에, 한참 설명하던 사무조는 말을 멈추고 되물었다.

"태극음양마공? 갑자기 왜 그러시오?"

운정은 눈초리를 모으며 말했다.

"장로님의 마공이 그것과 매우 유사한 듯싶어서 말입니다. 다만, 음과 양의 조화가 아닌 마찰을 이용해서 다음 경지를 노리는 건… 정말이지 천운이 따르지 않는 한 무조건 마성에 젖어들겠군요."

사무조가 고개를 끄덕였다.

"아무리 강대한 마공이라도 안정성을 갖추지 못하면, 결국 사장되오. 애초에 안정성이 보장되는 태극음양마공을 뼈대로 잡아서 새로운 마공을 만드는 것이, 마공을 만들어 놓고 안정성을 잡는 것보다 효율적이지. 때문에 태극음양마공을 모태로 하는 마공은 매우 많소. 내 마공도 그러하지."

"하지만 장로님의 마공은 흐음, 태극음양마공의 뼈대만 간신히 갖추고 있을 뿐 전혀 다른 마공이라 해도 과언이 아닙니다."

"원래 마공이란 것이 그렇소. 이렇게도 바꾸고 저렇게도 바꾸고 가감 없이 바꿔 대니 한두 세대만 거쳐도 전혀 다른 마공이 되오. 하지만 뿌리를 다르게 할 순 없으니, 결국 가장 깊은 곳에는 모태가 된 마공의 영향에서 벗어날 수 없지. 내 마공 또한 태극음양마공을 이미 익힌 사람에겐 쉬울 수밖에."

"……."

"눈빛을 보아하니, 태극음양마공을 익힌 것 같소."

"예, 마선공의 일부를 이루고 있습니다."

"호오. 그럼 내 마공의 문제점을 찾기도 쉬울 것이오."

"그래서 아마 아까 운용하는 것을 보았을 때, 문제점들이 한눈에 들어온 것 같습니다."

사무조는 고개를 몇 번이고 끄덕였다.

"그럼 그 문제점들을 어떻게 해결할 수 있는지는 알겠소? 내가 잠깐의 편한 성장을 위해서 팔아 버린 가능성을 다시 되찾을 수 있겠소?"

운정은 눈을 감고 가만히 생각에 잠겼다가, 다시 눈을 떠서 사무조 뒤에 서 있는 호법을 보았다.

그 호법은 호법원주, 악존였다.

"악 원주께서도 순간적으로 내력을 끌어올리는 마공을 익히지 않으셨습니까? 제가 알기론 잠시나마 한 경지를 뛰어넘는 것으로 알고 있습니다."

악존은 고개를 끄덕였다.

"본래 나는 극마이나, 그 마공을 펼칠 때는 초마의 수준에 이르게 되지. 실제로 초절정고수 및 초마의 마인과 호각을 다툰 적도 있다."

"그만큼 부작용이 있을 줄 압니다."

악존의 목소리가 차가워졌다.

"지금 그걸 알려 달라는 것인가?"

"아닙니다. 다만 사무조 장로께서는 악 원주님의 마공과 유사한 효과를 지속적으로 누리는 것이 아닌가 합니다."

"……"

"……"

둘이 가만히 있자, 운정이 나지막하게 말을 이었다.

"악 원주께서 순간적으로 경지를 끌어올리고 또 그것에 대한 후유증을 일정 기간 동안 감내하는 것처럼, 사무조 장로께서는 지속적으로 경지를 끌어올리는 대신 또 그것에 대한 후유증을 계속해서 감내하시는 겁니다. 그러니 해답은 간단합니다."

"무엇이오?"

"원래의 경지로 돌아가면 됩니다. 일류였던 상태로 말이죠. 그러면 자연스레 잠재력도 돌아올 것입니다."

"……"

"역혈지체를 철소하시고 다시 마인이 되어 마공을 처음부터 익히십시오. 그러면 간단합니다."

사무조는 조용히 말했다.

"내 마공은 철소할 수 없는 종류의 것이오. 한다 한들, 극마에 이를 수 있겠소?"

"이계의 마법으로 다양한 일이 가능해졌습니다. 그러니 연구한다면 충분히 가능할 겁니다. 또한 장로님께서 익히신 마공의 모태가 되는 태극음양마공은 지극히 안정적인 마공입니다. 태극음양마공을 생각했을 때에, 분명히 다시 돌아올 것입니다."

"……."

"정 못 믿으시겠다면, 제가 한번 직접 해 보지요. 그것으로 확신을 드리겠습니다."

사무조의 두 눈이 커졌다.

"무엇을?"

운정이 맑은 미소를 지었다.

"장로님의 마공과 비슷한 방법으로 태극음양마공을 자극하여 경지를 끌어올려 보겠습니다. 그리고 이후 원래대로 돌아갈 수 있다는 것을 보여 드린다면, 절 믿을 수 있지 않겠습니까?"

"경지를 끌어올린다? 지금 말이오?"

"예."

"……."

"악 원주님을 통해서 경지를 끌어올리는 모습을 직접 보았습니다. 그뿐만 아니라 사무조 장로님의 마공에 담긴 구결을 통해서 그 방법도 깨달았습니다. 외적으로도 내적으로도 그 행함을 알았으니, 직접 시도하는 데 어려움은 없을 것입니다."

악존이 날카롭게 일렀다.

"사무조 장로님의 마공과 내 마공은 다른 마공이다. 그 효과는 비슷하게 보일지 모르지만, 그 원리는 뿌리부터 다를 수 있다. 내 마공은 태극음양마공을 모태로 하지 않아. 그러니 네가 알았다는 것은 잘못된 것이다."

운정은 고개를 저었다.

"기본은 다 같습니다. 본래 모든 마공은 가진 내공을 두 배에서 다섯 배까지 증폭시키지요. 그것을 이용하여 순간적으로 경지까지도 상승시키는 것입니다. 증폭된 내력을 사용하지 않고 기혈 안에서만 돌려 억지로 대주천와 유사한 것을 만들어 내는 것이지요."

"……."

"……."

"걱정 마십시오. 마공은 정공에 비해서 그 이해가 매우 쉽습니다. 직관적이며 단순합니다. 당장에라도 보여 드릴 수 있으니, 저와 함께 밖으로 나가시겠습니까?"

운정의 목소리에는 자신감이 가득했다.

사무조와 악존은 서로를 한 번 쳐다보고 눈빛을 교환했다.

사무조가 자리에서 일어났다.

"좋소, 한번 보도록 하……."

그때 귀빈실의 방문이 벌컥 열렸다.

스페라가 안으로 들어오며 큰 소리로 말했다.

"I need your help!"

＊　　　　＊　　　　＊

왕궁의 가장 높은 건물은 왕가의 서재다.

그 천장은 유리로 되어 있었기에, 그 위에 서 있던 운정은 유리창 아래로 수십 미터의 낭떠러지를 볼 수 있었다. 마치 공중에 떠 있는 듯한 기분이라, 과거 능동허도(凌空虛道)를 펼쳤던 때가 기억이 났다.

그는 고개를 들어 밤하늘을 보았다.

남서쪽에서 날아오는 거대한 유성은 태양에 비견될 만큼 밝게 타고 있었다. 그것은 밤하늘에 뜬 다른 모든 달빛과 별빛들을 잡아먹으면서 시간이 지나면 지날수록 더욱더 밝아지고 있었다.

스페라는 운정의 옆에 쭈그려 앉아 퍼플 마나스톤들을 하나둘씩 정리하며 이마의 땀을 훔쳤다. 그녀는 그중 두 개를 들어서 운정에게 주었다.

"휴우… 좋아. 자, 여기."

운정이 그것을 받았다. 그 마나스톤이 피부에 닿는 순간 그 안에 내포된 강대한 기운이 일순간 그의 정신을 사로잡는 듯했다.

"이, 이건."

스페라는 놀란 표정을 짓고 있는 운정을 올려다보며 말했다.

"장난 아니지? 이거 라스 오브 네이쳐를 온몸으로 받아 낸 너에게서 나온 마나야. 믿겨져?"

"……."

"그것도 받아 냈으니, 저것도 어찌저찌 되겠지?"

스페라가 자리에서 일어나자, 땅에 늘어뜨려져 있던 퍼플 마나스톤이 그녀의 지팡이 끝으로 저절로 올라가 빙그르르 돌기 시작했다.

운정은 퍼플 마나스톤을 꽉 쥐며 말했다.

"유성의 크기는 얼마나 됩니까?"

스페라는 손가락을 입가에 가져가며 말했다.

"많이 타들어 가서… 아마 지금은 지름이 대략 한 30m 정도 될걸? 속도가 빠른 대신에 크기가 작은 듯해."

"10장 정도 되는군요."

"그래도 파괴력은 상당해. 그대로 떨어진다면 델로스의 20%는 무너질걸. 근데 왜?"

운정은 살포시 눈을 감으며 말했다.

"중원(中原) 화산(華山)에는 백악봉(白嶽峰)이란 곳이 있습니다. 산꼭대기임에도 불구하고 경사가 거의 없는 곳입니다. 투명한 얼음으로 뒤덮여 있는데, 그 아래 붉은 꽃이 피어 있어 너무나 아름답지요."

"그래? 근데 갑자기 그건 왜 말하는 거야?"

운정은 눈을 뜨곤 다시금 유성을 바라보았다.

"그냥요. 그곳의 지름도 한 10장은 되었던 것 같아서 말입니다. 유성과 크기가 비슷하네요."

"……"

"스페라 스승님."

"응?"

"스승님께서는 이 왕가의 서재만 지키면 그만인 것을 압니다. 하지만 제자는 미처 다 피신하지 못한 델로스의 모든 사람들을 지키고 싶습니다."

스페라는 어깨를 들썩였다.

"그럴 수만 있으면 나도 그러고 싶어. 근데 그게 되겠어? 너의 바람의 힘과 내 불의 힘을 합친다고 해도, 저 유성을 막아낼 수 있겠냐고. 기껏해야 왕궁이 아닌 다른 쪽으로 궤도를 조금 틀 수 있을걸? 그런다고 해도 이 서재가 충돌 여파에서부터 건재하리란 보장은 없어."

"……."

"솔직히 나도 도박에 퍼플 마나스톤을 낭비하고 싶지 않아. 하지만 이 서재에는 인간에게 다시 나올 수 없는 지식들이 산재해 있다고. 괜히 내가 델라이에 노예처럼 속박돼 있던 게 아니라니까? 도저히 포기할 수 없어서, 하는 거야. 그러니까 애초에 큰 기대는 안 해."

운정은 담담한 목소리로 말했다.

"만약 제가 유성을 가를 수 있다면 어떻습니까?"

"응?"

"제가 유성을 가른다면, 그 중심에서부터 유성을 폭파시킬 수 있으시지 않으십니까?"

"뭐라는 거야?"

"전 아직도 기억합니다. 중원에서 산과 땅을 장난감처럼 다루던 스승님을요."

"그야 그땐 마나가 넘쳐흐를 정도로 많아서 가능했던 거지."

"지금도 일시적이지만 가능하지 않습니까? 그 모든 힘을 불로 바꾸셔서 유성의 내부에서부터 터뜨린다면? 그러면 어떻습니까?"

스페라는 운정을 돌아보았다.

"너 진심이야?"

운정은 고개를 끄덕였다.

"예, 진심입니다."

스페라는 고개를 저었다.

"유성 표면은 너무 단단해. 그건 이 땅의 어떠한 물질로도 자를 수 없다고."

"검강은 모든 것을 자릅니다. 유성이라고 다르지 않을 겁니다."

"글쎄, 저건 보이드(Void)를 뚫고 오고 있어. 이 땅의 것과는 비교도 할 수 없을 만큼 단단할 거야."

"보이드?"

"하늘 위에 있는 아무것도 없는 공간이야. 곧 우리가 잠깐 들를 곳이지. 거기선 몇 초만 있어도 물질이 존재하기 어렵지. 거길 뚫고 오니까, 그 단단함은 상상하기조차 어려워."

운정은 잠시 생각했다.

"하늘에서 떨어진 유성 또한 결국 물질이지 않습니까? 어떤 마법적인 힘이 있는 것이 아니니, 제 검강에 베어질 것입니다."

"흐음. 그런가?"

운정은 웃었다.

"예. 아마도. 믿어 주세요, 스승님."

스페라는 그 모습을 멍하니 보다가 곧 한숨을 쉬더니 말했다.

"하아. 그러면 빨리 할수록 좋아. 유성 파편들은 하늘의 바람에 의해서 녹아 없어지기 쉬우니까."

운정은 스페라를 내려다보며 말했다.

"해 봐요, 우리."

그는 더욱 깊은 미소를 지었고, 스페라의 얼굴은 금세 빨갛게 변했다.

"진짜, 치사하게. 알았어. 준비되면 말해. 유성 위치를 보고 대강 정면으로 공간이동해 줄 테니까. 그냥 앞으로 쏘기만 하면 돼, 알았지? 그 검기? 검강? 그거 날리는 데 시간이 얼마나 걸려? 보이드에선 오래 못 있으니까."

운정은 잠시 생각하다가 말했다.

"아마 전력을 다해서 검강을 뽑아내야 하니 1초 정도는 걸릴 것 같습니다."

"주변 공기도 같이 공간이동할 거지만 그래도 1초도 위험하긴 마찬가지야. 그러니 정말 딱 검강만 쏘고 온다 생각하고,

다른 행동은 하려고 하지 마."

운정은 고개를 끄덕였다.

그는 두 개의 퍼플 마나스톤을 각각 오른손과 왼손의 소지로 살짝 쥐었다. 그리고 그 상태로 오른손으로 미스릴 검을 들어 뒤로 뻗었고, 왼손으론 검결지를 펼쳤다. 눈을 감으면서 그는 사무조에게 들었던 구결을 인용하여 태극음양마공을 자극했다.

쿵!

쿵!

그의 심장이 가슴 밖으로 튀어나올 정도로 크게 뛰기 시작했다. 그리고 엄청난 양의 피가 역류되기 시작했다. 심장에서 역류한 피는 정맥으로 흘러들어 가 동맥으로 나왔다. 그 양이 어찌나 많은지, 그 혈류가 한 번씩 몸을 돌 때마다, 그의 피부 색이 달라질 정도였다.

그와 동시에 퍼플 마나스톤에 담겨 있던 방대한 양의 마나가 그의 양손을 통해 흡수되기 시작했다. 마치 태극지혈을 든 것처럼, 그는 무한한 양의 리기와 감기를 자연을 통해서 얻는 것 같았다.

마기는 더욱더 들끓었고, 그의 몸에선 더 이상 주체하지 못하는 진득한 마기가 흘러나오기 시작했다. 옷이 넘실거리며, 바라보는 것만으로도 공포를 주는 괴기한 기운이 그의 몸을 감싸기 시작했다.

뿐만 아니라, 그의 내부까지도 마성에 젖어들기 시작했다. 사악한 생각들이 서서히 마음에 침투하기 이르렀고, 이 세상의 모든 것이 하찮게 여겨지기 시작했다.

하지만 운정은 무당의 규율과 선공의 구결을 떠올리며, 선의(善意)로 마성의 침범을 막아 내었다.

사람을 구한다!

델라이의 모든 사람을 구한다!

선을 추구하는 그의 마음은 그의 단전에 있던 건기와 곤기를 강하게 움직였다. 그렇게 한 번 움직이기 시작한 선기는 마기와 섞이지 않으며 그 마기를 온전히 감싸는 형태로 대주천했다. 역류하는 마기와 다르게 정방향으로 흐르면서 부드럽게 기혈을 보호하여, 아무리 마기가 격하게 역류한다 할지라도, 기혈에는 아무런 지장이 없도록 했다.

그러자 마기가 더욱 신나 날뛰기 시작했다.

쿵―!

쿵―!

거친 흙바닥에서만 놀던 아이가 얼음 바닥을 발견했다. 흙바닥에선 이곳저곳 마찰이 생겨 제대로 놀지 못했는데, 이젠 아무것도 거칠 것이 없으니 마음껏 놀 수 있다.

운정의 심장에서 출발한 마기가 그러했다. 아무리 많은 양이 아무리 빠르게 돌아도 전혀 몸에 무리가 가질 않았다. 때문에 그것은 더욱 큰 양으로 더욱 빠른 속도로 기혈을 돌기 시작했다.

두 배, 세 배, 네 배. 배수가 거듭하면 거듭할수록 운정의 몸에서 진하디진한 마기가 흘러나왔다. 지면을 훑고 하늘까지 닿은 건 이미 오래전이다. 그의 마기는 그것을 넘어서 세상을 덮는 듯했다.

"우, 운정?"

스페라는 마치 온몸의 피부 위로 번개가 기어 다니는 것 같은 기분을 느꼈다. 그 하나하나가 사람을 실신시킬 정도의 공포감이었으나, 그녀는 방대한 포커스로 정신을 유지하고 있었다.

운정이 눈을 떴다.

그의 두 눈은 연보랏빛으로 빛나고 있었다.

"이제 공간이동하셔도 됩니다."

스페라는 고개를 한 번 끄덕이고는, 지팡이를 높이 들어 유성 쪽을 바라보았다. 그러면서 왼손의 엄지를 입가에, 소지를 귓가에 가져갔다. 양 손가락 끝에서 은은한 우윳빛이 흘러나오고 있었다.

그녀가 중얼거렸다.

"위치는? 응. 속도는? 오, 빨라. 장난 아닌데. 좋아, 생각보다 괜찮네. 응, 응. 아니, 내부에서 폭발시켜 볼 거야. 몰라. 나도 그냥 해 보는 거지. 그래, 슬슬 대피해. 응. 그래, 고마워, 알비온."

그녀는 왼손을 내렸다. 그러고는 그 손으로도 지팡이를 잡더니, 눈을 감으며 다시 중얼거리기 시작했다.

"보자, 프리시전(Precision) 뭐… 상관없겠지. 어차피 빈 공간이니까, 좀 여유롭게 잡고. 흐음. 그래도 거리가 너무 멀어서, 영… 돌아올 때는 너무 어려우니까, 일단 여기 좌표도 확실하게 잡아 놓고. 흠. 전력을 다하면, 도플갱어는… 뭐, 어쩔 수 없지. 유성이 중요하지 뭐가 중요하겠어. 좋아, 좋아."

그렇게 또다시 한참을 집중한 그녀가 운정에게 말했다.

"자, 운정? 준비됐어? 가자마자 검강 쏘는 거다? 알았지."

"예."

"간다!"

스페라는 눈을 떴고 그녀의 지팡이에서 보랏빛이 환하게 빛났다.

[텔레포트(Teleport).]

세상이 변했다.

끝을 알 수 없는 암흑.

온몸이 얼어붙는 추위.

모든 소리가 사라진 침묵.

온몸이 터질 듯한 압력.

이곳이 지옥이 아니라면 어디가 지옥일까?

운정은 그곳에서 한 가지 강렬한 빛을 내는 것을 보았다.

그것은 점점 커지고 있는 불타는 바위였다.

아니다.

커지는 것이 아니다.

그저 상상할 수 없는 속도로 다가오고 있는 것이다.

운정은 미스릴 검을 뽑아 아래에서부터 위로 휘둘렀다.

그것은 무당파 최고 살상기인 유풍검강(柔風劍罡)이었다.

그의 검에서 흰빛이 일어나더니, 곧 검의 형태로 바람이 생성되었다.

그 날카로운 바람이 검날의 형태를 완전히 취했을 때, 유성이 이미 날아와서 스스로를 두 동강 내고 있었다.

유성이 모두 갈라졌을 때쯤, 유풍검강은 더 이상 형태를 유지하지 못하고 허공으로 사라졌다. 그리고 잘린 유성은 그대로 운정과 스페라를 집어삼키려 했다.

스페라의 지팡이에서 또다시 보랏빛이 났다.

그 빛이 너무도 밝았기 때문에, 운정은 자기도 모르게 자신의 발아래를 보았다.

그곳엔 초록빛과 파란빛이 한데 어우러진, 거대하고 아름다우며 둥글고 넓은 대지가 있었다.

그런데 한쪽 구석 아득한 거리, 그곳의 하늘 위에 거대한 무언가가 한 대륙을 감싸고 있었다.

'새? 거북이? 황금빛은 뭐지?'

[텔레포트(Teleport).]

그들은 다시 왕가의 서재 천장으로 돌아왔다.

운정은 그 자리에 주저앉아 자신의 몸을 내려다보았다. 그의 옷자락과 머리카락에 남아 있던 그 극한의 냉기는 연기가 되어 공중에 흩날리기 시작했다.

"보이드……."

스페라는 깊은숨을 내쉬더니 말했다.

"후우, 좋아. 나 다시 다녀올게, 운정. 좌표가 희미해지기 전에 빠르게 하는 게 좋을 거 같아."

"방금 그곳을요?"

"네가 쪼개 줬잖아. 빨리 가서 안에서부터 쾅 하고 폭파시켜야지. 잘려진 단면이 또다시 녹기 시작해서 붙으면 의미가 없어."

"……."

"넌 여기서 지켜보고 있다가, 혹시 파편이 다 타지 않고 서재로 날아오면 대강 좀 쳐 내 줘, 알았지? 호호호. 정말 대단해!"

스페라는 운정의 이마에 쪽 하고 키스하고는, 지팡이를 들어 보였다.

[텔레포트(Teleport).]

그녀의 모습이 온데간데없이 사라졌다.

운정의 시선은 자연스레 유성을 향했다.

그때 유성의 중심에서부터 새하얀 빛이 일어났다.

거대한 폭발과 함께, 별이 터져 사방으로 수천수만 개의 파편이 비산하기 시작했다. 그 한 조각, 한 조각마다 불타는 꼬리를 만들어 아름답기 그지없는 광경이 밤하늘에 펼쳐지기 시작했다.

탁.

운정은 옆에서 들린 소리에 고개를 돌렸다.

그곳엔 지친 기색의 스페라가 천장 위에 벌러덩 눕고 있었다.

그녀는 반쯤 감긴 눈으로 운정을 올려다보더니 말했다.

"팔베개."

"……."

"팔베개해 줘. 힘들어."

운정은 가만히 그녀를 보다가, 곧 천천히 그녀에게로 걸어갔다. 그리고 그녀 옆에 누워서 팔을 내주자, 스페라는 기쁜 기색을 감추지 못하고 그 팔 위에 머리를 얹었다.

그 둘은 함께 밤하늘을 보았다.

밤하늘엔 거대한 폭죽 쇼가 펼쳐지고 있었다.

운정이 말했다.

"오래는 못 있을 겁니다. 곧 파편들이 도착해요. 만약 더 힘을 쓰실 수 있다면, 계속해서 폭파하는 것은 어떠십니까?"

스페라는 눈을 살포시 감으며 말했다.

"그대로 두면 작은 건 알아서 대기에 타 버릴 거야. 여기까지 도착할 만한 거만 가려서 막아 내자고. 그리고 그러려면 아직 시간 좀 있어."

"……."

스페라는 숨을 깊게 들이쉬더니 말했다.

"운정."

"예."

"혹시 애인 있어?"

"있었습니다."

"지금은?"

"글쎄요. 머리로는 끝났다는 걸 알지만, 마음으론 아직 완전히 받아들일 수가 없네요."

"그래? 많이 예쁜가 보네?"

"네."

"운정."

"예."

"혹시라도 이후에, 마음으로도 이별을 다 받아들이면… 그때 나 먼저 알려 주면 안 될까?"

운정도 스페라처럼 눈을 감으며 대답했다.

"네, 그렇게 하겠습니다."

그 말을 듣자, 스페라의 양쪽 입꼬리가 살짝 올라갔다.

『천마신교 낙양본부』13권에 계속…